宅飲み探偵のかごんま交友録2

冨森 駿

集英社文庫

KAGONMA

目次

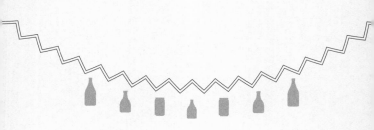

宅飲み探偵のかごんま交友録2

第一幕

「おい、例のモノはちゃんと用意したんだろうな?」

大柄の男が僕の前に仁王立ちで、睨《にら》みを利かす。腕組みをして二の腕を強調するのは、膂力《りょりょく》への自信の表れだろう。しかし、ひるんではならない。交渉の場において、弱みを見せるのは禁物だ。常に相手の一歩先をリードせねば、望むべく結果は得られない。

「お金が先だよ」

そうやって肩透かしを食わせる。普段は前払いがこの男の鉄則なのだけど、今日は急な依頼だったので順序が逆転してしまったわけだ。

「まあ、それもそうか。ほら、これでいいだろう?」

多少、色を付けた金額が返ってきた。労力に対するアガリとしては、手放しで喜べる額でもないけれど。遠慮なく頂戴する。

「ほら、これが約束の品だよ」

白い粉の入った袋を受け渡す。男は暫時、口角を上げて目的の達成を喜んだ。しかし、毎度毎度、飛び込みの仕事を依頼されるこっちの身にもなってもらいたい。この男にばかり甘い蜜を吸わせるわけにもいかないわけで。

「そんな上物、お前ひとりで楽しむのも興がないだろ？　僕にも一つどうだい？」

満足げな男に打診する。目当ての品を手に入れられて機嫌を良くしている状況。こいつはひねくれてこそいるが、案外と単純なところもある。僕の要求を断るべくもない。

そう踏んだわけだ。

我が意を得たり、男は恥ずかしげに鼻を鳴らすと、

「勝手にしろ」

とだけ言って部屋の奥へと入って行った。交渉成立。一仕事終えた僕は、夕方にあるもう一仕事に備え、しばしの休憩に入る、はずだった。

「おい、これ」

男が立ち止まり、僕へと振り返り、睨みを利かせて一言。「やったな？」

「何がだ。僕は依頼されたものをそのまま仕入れてきただけだよ？」

男は大きく嘆息し、憐《あわ》れむような一瞥《いちべつ》とともに空色のマイバッグから〝それ〟を摘《つま》み上げた。袋にはデカデカとしたゴシック体で「強力粉」とプリントされていた。

「俺が作りたいって言ったのはなんだった？」

「て、手打ちうどん……」

男は首をゆるゆると横に振った。

「だったら必要なのは中力粉だろ。これじゃパンが焼けちまうよ」

◇

僕の名前は小金井晴太《こがねいせいた》。鹿児島の大学の文学部に通う三年生だ。サークルに所属することなく、平穏無事と言えば聞こえはいいが、刺激の足りない平々凡々な日々を過ごしてきた。しかし、ある人物の影響で、僕の大学生活はガラリと変わることとなった。

「だいたい、強力粉はタンパク質の含有量が多すぎるんだよ。これでうどんを打っちまうと弾力が強く硬すぎる出来損ないに仕上がっちまう。薄力粉だと逆に弱すぎる。その間をとって中力粉だ。それくらい世界の常識で、だな……」

さっきから台所でなにやら作業しながらぶつくさと文句を垂れているのは、友人の清田夏輝《きよたなつき》。人嫌いの偏屈マッチョで口が悪い。反面、顔立ちは整っており小顔。そして、驚くほどの料理オタクとまあなかなかのギャップを兼ね備えている。僕の退屈な日常に終止符を打った張本人だ。ちなみに彼の「人嫌い」という性質は軟化傾向にある。春先から初夏にかけての数カ月間で、たくさんの、とは言えないまでも、対等に付き合える友人というものが彼にもできていた。

文句を無視すると拗《す》ねてしまって余計に扱いが面倒になるので、適当に調子を合わせておくことにする。

「だって力強い粉だよ？　いかにもコシの強いうどんができそうじゃないか！」

「お前もそろそろ料理のいろはを勉強したらどうだ。きょうび、男子厨房《ちゆうぼう》に立たずなんて流行《はや》らんぞ、いつの時代に生きてるんだ、お前は」

「あいにくと僕は食べる専門なんでね」

と、同級生から痩せぎすだとよく言われる身体《からだ》には不釣り合いな台詞《せりふ》を吐いてみる。

夏輝はタンクトップから露出した大きな肩をすくめて作業に戻った。

鹿児島にも本格的な夏の暑さが到来した七月初旬。まだ梅雨は明けていないけれど、今日は朝からムシムシとした陽気で、一限目と二限目の間にある教室移動の際には思わずぐったりとしてしまった。

午前中で本日の講義は全て終了となればもう一息と頑張れるのだけれど、五限目に必修科目を組むという大学当局からの嫌がらせを受けた僕は、毎週木曜日に、昼休みおよび三限、四限の空き時間を持て余すこととなっていた。

そうなってくればやることは一つ。キャンパスより徒歩十分圏内。唐湊《とそ》にある夏輝宅にて昼飯にありつきつつ、時間を潰すという定番コースである。夏輝は、色々と理由をつけて面倒がるけれど、人に料理を振る舞うのを至上の喜びとするタイプの料理人なので、家に足を踏み入れてしまえば料理が提供されるというシステムが確立されていた。

——そういうことなら、小麦粉を買ってきてくれ。今日は手打ちうどんにしようと思っていたんだ——

訪問する旨をメールで伝えると、すぐ夏輝からそう返信があった。夏輝が料理を作り、僕は買い出し担当。これも、もはや僕たちの間では定番の流れだ。買い出しはどうやら失敗に終わったらしいのだけれど。だいたい、夏輝は「小麦粉」としか言わなかったわけで、大きな分類でいえば強力粉だって小麦から作った粉に相違ないはずだ。これを失敗と言っていいのかどうかははなはだ疑問である。

そんな釈明は当の夏輝には一切響かない。当然のように中力粉の買い出しを再度命じられたが、僕は要求を断固拒否した。

慧敏《けいびん》なること島津斉彬《しまづなりあきら》のごとき紳士淑女諸君はもうお気付きであろう。想像してみてほしい。ここは南国鹿児島。七月の気温など推して知るべしである。加えて夏輝宅はアパートの最上階五階に位置している。階段を上る際に背中に滲《にじ》んだ汗が、冷房の利いた室内にあってようやくひいてきたときに、だ。もう一度、灼熱《しゃくねつ》地獄に身を投じる物好きがいるだろうか。いや、いない。

「あーあ、残り物と相談して料理するってのは不本意だな。完全に〝うどんの口〟になってたんだがな」

いかにも恩着せがましく夏輝が大きく独りごちた。

「そう言いながらも、既にメニューは考えついてるんだろう？　夏輝料理長！」

そう問い返す。

「当たり前だろ、待ってろよ晴太」

夏輝は即応した。僕は吹き出しそうになった。やっぱりこいつ、料理するのが好きなんだな。既に鍋は火にかけられ、グツグツと湯気が昇っている。調理はもう始まっているようだ。

もっとも、こと料理に関して妥協を許さない夏輝にとって、冷蔵庫にある余り物で料理をして、それを振る舞うというのが本意でないのは事実であろう。ただ、過程がどうあれ、夏輝が出す料理の味が絶品であるという結果は確定しているのだけれど。

「おら、できたぞ」

数十分後、テーブルに白皿が二つ並べられる。湯気とともに、盛られているのは純白の何か。一瞬、クリームシチューかとも思ったが、色味がなさすぎるし、第一、煮込み料理にしては完成が早い。しかし、リゾットにしては、具材が大きすぎる。米なんかよりも大きめの素材だ。丸っこく成形されたそれは、米というよりはパスタに近い。

「なんだい、これは？」

「ジャガイモのニョッキだよ。いいから食ってみな」

ニョッキ？　どこかで聞いたような名前だ。しかしながら、どこぞのお国のどういう料理なのかは皆目見当がつかない。すなわち、味の想像がつかない。クリームとチーズの芳醇《ほうじゅん》な香りが鼻をつく。ソースの純白に艶やかな照りが見え、目下、食欲増進中である。

「いただきます」

スプーンで一口。ホクホクとした独特の舌触りだ。飲みこんですぐに声が出た。

「美味《うま》い!!」

淡白な色合いに反して、ソースは濃厚で深い。クリームソースの滑らかな味の奥にキノコが香り、チーズのコクが後追いでやって来る。つい喋《しゃべ》るのを忘れ二口目へ。やはり美味い。

「凄《すご》いね、これは。濃厚で香り高く、でも全然くどくない」

夏輝は舌鼓を打つ僕を満足げに眺め、したり顔で鼻を鳴らした。

「よく気付いたな。そう、このニョッキの肝はソースにある。重すぎず、しかし煮詰めて煮詰めて、粘度を上げながらしっかりとした濃さを出す。普通、生クリームのソースを煮詰めてしまうと、くどくなるんだが、このソース作りの最初の工程は白ワインを煮切るというところから始まる。そこで軽さを演出するわけだ」

夏輝はまだ眼前のニョッキに手を付けることなく、流暢《りゅうちょう》に料理の解説をしている。

こいつは、自らの努力の足跡を振り返る料理の解説が大好きなのだ。しかし、回を重ねるごとに、こいつの料理解説がプロ染みてきているのは、きっと気のせいではない。この前、こいつの本棚を覗《のぞ》いたら第二次大戦下の日本軍の軍隊料理に関する資料を発見した。底知れぬ料理への探求心に恐怖したのは言うまでもない。

「ニョッキっていうのは初めて食べたけど、これはパスタなの？　それにしてはホクホクとした食感で面白いね」

「大別するとパスタに含まれるんだが、俺はパスタという感覚で作ってねえな。ホクホクとした食感を残しておきたい。そのために、生地を練るときも成形するときも極力、力を加えない。力を加えすぎると、生地がアルファ化してしまって食感が悪くなっちまうんだ」

「へ、へぇ……」

おっと、これは……。僕が二の句を継げないでいると夏輝は一気呵成《いっきかせい》に畳み掛けてきた。

「ニョッキっていうのは、元々、小麦粉を練って作られていたんだが……」

まずい、と思ったがもう遅い。こうなると夏輝は止まらない。結局、それから小一時間、ニョッキの歴史から、木曜日の食卓を彩るのにうってつけの料理であることに至るまで、夏輝の料理談義を拝聴する羽目になってしまった。なんだか、夏輝の料理オタクっぷりが加速している気がするのだけれど気のせいかしら？

◇

すっかり長居をしてしまったので、五限目が始まる五分前に大学に到着することになってしまった。本日、最後を締めくくる講義は、「近代文学演習」。ズバリ、我が所属ゼミの講義である。文学部の国文学専攻の場合、時代に応じて様々なゼミが開講されているが、近代文学はなかなか珍しいらしく、そういう意味で僕はそこそこ幸運な星の下にいるようだ。

「お疲れ、小金井くん」

「お疲れ、西牟田《にしむた》さん」

同ゼミ生で学友の西牟田さんの隣に身体を滑らせた。

「今日も暑いねえ」

「ほんと、ほんと。梅雨が明けたらどうなっちゃうんだか」

何の中身のない世間話にも、西牟田さんはからからとした笑顔で応じてくれた。

講義室の大きめの椅子にちょこんと座る西牟田さんは今日も今日とてボーイッシュにデニムのサロペットを着こなしている。四周をぐるり見渡してみても、似たり寄ったりの無難な服装が多い中なので、かなり目立つ。文学部の中でも国文学系ともなると女子比率はぐんと増すので尚更《なおさら》だ。僕は彼女のこういう芯の強い部分が結構好きだ。

「ゼミ室にも図書館にもいないみたいだったけど、家に帰ってたの？」

と西牟田さん。勤勉な彼女は、空き時間は大抵、ゼミ室でレポートをまとめているか、図書館で調べものをしている。課題の提出期限前に駆け込み寺よろしくゼミ室に飛び込み籠城する僕とはえらい違いである。

「ああ、昼食がてら夏輝の家にいたんだよ」

西牟田さんが大きな瞳を見開いた。

「ええ!?　なんで誘ってくれなかったのよ！」

肩を小突かれてしまった。

「え？　いやだって午前中は西牟田さんと会わなかったし、急なことだったから……」

弁明をしたが、西牟田さんはほっぺたを膨らませながら、じっとりとした視線を僕に送り続けている。そして一言。

「何食べたのよ」

「ジャガイモのニョッキ」

「ずるい！　私も食べたかったのに！」

彼女の表情はいつもコロコロと変わる。笑って拗ねて悔しがって大忙しである。

「で、味はどうだったのよ?」

今度は期待に満ちた表情を僕に送る。

「そりゃモチロン絶品さ!」

「うわあああ」

そしてまた頭《こうべ》を垂れて悔しがる。彼女の一喜一憂を眺めるのはなかなかどうして楽しいものだ。ベリーショートの髪がそのたびに上下に揺れていた。

西牟田さんが夏輝の料理の腕前に惚《ほ》れ込み、勝手に弟子入りしたのは一カ月ほど前に遡る。幾度となく、夏輝の手料理を食べた彼女であるが、まだまだ彼の料理の神髄にはたどり着けてはいないようで、勉強の機会を一度でも逃したくはないらしい。

「ごめん、ごめん。次は誘うからさ」

拝み手で謝ればなんだかんだ言っても西牟田さんの表情は元に戻る。というか何もしなくてもたぶん同じ結果になろうことには薄々勘付いてはいるのだけれど。

「今日は先生、時間通りに来るかなー?」

腕時計をちらりと見て西牟田さんが伸びをする。既に講義開始三分前。ゼミ生は四年生も含め全員集合しているが、未《いま》だに先生の姿だけが見えない。

「どうだろうねえ」

僕は溜息《ためいき》をつく。「あの人、気まぐれだから」

我が近代文学ゼミ教授の江波誠治《えなみせいじ》先生は人格者で知られ、また近代文学研究において名の知れた人らしく学生からの信頼も厚い。ただ一つ欠点があるとすれば、講義開始時間に間に合わないことがままあることだ。五分遅れて講義が始まることも日常茶飯であるため、ゼミ生たちはすっかり慣れてしまっている。

その証拠に三年のゼミ生たちはそれぞれ話し相手を作り、談笑にいそしんでいた。やれ卒論だ、就活だ、公務員試験だと大学卒業に向け、様々なことに追われている四年生と比べ、三年生には精神的な余裕がある。休み時間がさながら女子会と化してしまうのもさもありなんというところか。

現在、講義室には僕と西牟田さんを含めて十二人の学生がいる。四年生の先輩が五人、同級生が六人。そしてもう一人。

「ミチエさんは何座なんですかー?」

快活な声がひときわ響く。声の主は花崎弥和《はなさきみわ》さん。僕らと同級の三年生だ。品行方正を絵に描いたような人で、大学行事の企画・運営を行う学生団体に所属し、教職課程と学芸員課程を二刀流で選択する強者《つわもの》である。そのくせ、学業においても手を抜かない姿勢に好感が持てる。一度、何かの講義の成績が「優」で、尋常ではなくへこんでいた彼女を見たことがある。単位さえ取れれば万々歳の僕とは立っているステージが違う。

僕は陰で彼女をアイアンウーマンと呼んではばからない。多忙なスケジュールを管理するマネジメント力において彼女の右に出る者はいないのだ。

「私？　私はうお座よ。占いにはなんて出てるのかしら？」

「えーっとですね。素敵な人に巡り合えるかもですって！」

「あら、いやだわ。家には旦那がいるっていうのに。どうしましょ」

「恋多き女性ですねえ」

またも大きな笑い声が響いた。

花崎さんと星占い談義をしているのは、上曽山《かみそやま》ミチエさん。近代文学ゼミ生にまじって講義を受講している御年七十二のおばあちゃん学生だ。ウチの大学の聴講生という制度を利用し、特定の講義を受講しているそうだ。所属学生という扱いではないため、単位はもらえないし学位も取れない。曰《いわ》く生涯学習とのことである。

物腰柔らかで、日々学生に囲まれているからか、彼女自身も若々しく見える。なんでも吉野町《よしのちょう》から車で往復一時間運転して来ているらしい。年齢を感じさせない恐ろしいバイタリティである。

「あの二人ってあんなに仲良かったっけ？」

西牟田さんにこっそり耳打ちする。情報通の彼女なら何か知っているかもしれない。

「ほら、花崎さんって宮沢賢治が好きじゃない？　この前、ひょんな成り行きでその話題になったらしいのよ。思いのほか盛り上がったみたいでさ。学食に場所を移して小一時間宮沢賢治トークが展開されたみたいよ」

なんという文学少女らしいエピソードかしら。

「ああ、でも確かに。ミチエさんってどんな作家の話にもついていってる印象はあるなあ」

文学の知識に該博深遠なミチエさんは、僕たちゼミ生の誰もが一目を置いている。彼女の出席する講義の前には、必ず誰かが彼女のもとへ行き、和やかな雰囲気を作っているのが常だった。

定年を迎えた後で、車を運転して通学しようというストイックなミチエさんだ。よくよく考えてみれば、花崎さんと共通する部分が多い。二人の距離が接近するというのもない話ではない。

「ミチエさんを見てるとさ。大学のあるべき姿ってのが見えてくる気がするんだよね」

西牟田さんは机に片肘をついて、僕の見間違いでなければ物憂げな表情を浮かべていた。気がした。

何かを言いかけた僕だったけれど、突然、講義室の扉が開いたため口を噤《つぐ》んだ。

「授業を始めましょうか」

丸ぶちの眼鏡が特徴的な江波先生は、ラフなポロシャツ姿で登場すると、特段悪びれる様子もなくそう言った。授業開始時間を五分オーバーしている。

「今日は平均値ね」

隣で西牟田さんがクスリと笑った。

◇

授業が終わると、江波先生が三年生のみを残した。さては受講態度が悪かったのかと肝を冷やしたが、僕はともかく花崎さんや西牟田さんがそういった理由で残されるなんて天地がひっくり返ってもあり得ないからそうではないようだと胸をなでおろした。

「すみませんね、皆さん。お忙しいところを残ってもらって。ちょっと協力してほしいことがありましてね。国文学会という言葉をご存じですか？」

「論文を発表するところですか？」

己の中で薄ぼんやりとした学会へのイメージを口に出してみる。江波先生は目を細める。

「大まかな解釈としては正しいですね。では、皆さんが既に国文学会の会員であるということはご存じですか？」

え？　そうなの？　きょきょろと周りを見回す。どうも挙動に不審があるのは僕だけのようだ。いつ、そんなのに入ったのだろう。まったく身に覚えがないのだけれど。

「確か、入学金の内訳に学会入会費というのがありましたよね。特に事情がなければ、自動的に入学から四年間、学会の一員ということになるはずです」

花崎さんが大変分かりやすい解説を挟んでくれた。なるほど、よく分かった。

「たまに学部生で論文を書いている人がいるけど、そういう論文を発表する場があるから書けるんですよね」

今度は西牟田さんだ。場に才女二人がいると進行に差し支えがなくていい。二人の発言を受け、江波先生はゆっくり頷《うなず》くと、ぴんと人差し指を立てた。

「会員の特典として年一回、刊行される会報誌の受け取りというのがあります」

僕はぴしゃりと膝を打った。そういえば、毎年小冊子をもらっていたことを思い出したのだ。冊子の名前は確か「薩摩《さつま》」だったはずだ。となると……。

「まさか我々がその編集を!?」

思わず西牟田さんが吹き出す。

「そんな大役を論文も書いたことのない三年生がやるわけないじゃない」

それもそうか。ということは、どういうことだ？

「会員の中には、当大学を卒業したＯＢもいます。会費を納めさえすれば卒業後も国文学会に籍を置けますからね。しかし、県外に出て行かれた方も多いし、直接手渡しでというわけにもいきません」

ここでオホンと空咳《からせき》を一つ。

「皆さんには会報誌『薩摩』の仕分け・梱包《こんぽう》等の配送作業を手伝っていただきたいのです。大学構内にある喫茶店『カロア』での昼食一回分でどうですか？」

万年金欠大学生にとって、毎日の食費は悩みの種の一つである。何かと世知辛い昨今、タダほど安いものはない。すなわち乗らない手はない。それに単純作業とはいえ、全国に散らばった会員への小冊子配送作業となれば、それなりのマンパワーが必要となることは想像に難くなかったのだけれど。


作業するため向かった大講義室の入り口で、僕は立ち尽くす羽目になった。

講義室には既に他の国文学系ゼミの学生がいて作業にいそしんでいる。その中の一人に目が釘付《くぎづ》けになってしまったというのが主たる理由である。

艶のある黒髪が翻る。隠れていたのは切れ長の瞳。放たれる凛《りん》とした雰囲気は、この人しか持ち得ない特有のものだ。

「せ、先輩もいらしてたんですね」

話すのが久しぶりだったということもあり、緊張してしまう。

「小金井三回生、君も駆り出されたか」

最低限の会話を終えると先輩は封筒に宛名を書く作業に戻っていった。

「あら、今日の『かぐやさん』は塩対応みたいね。頑張らないと！」

勘のいい西牟田さんがそっと耳打ちをしてきた。大きなお世話である。

清田小春《こはる》。夏輝の姉で今年の春、大阪の大学から当大学の修士課程へと移ってきた。夏輝と僕を引き合わせる原因になった、そして、僕が恋慕する憧れの女性だ。

先輩はやはり今日も美しい。白のブラウスに白のスカートを合わせたコーディネートは彼女の持つ高貴さを引き立てるに十分だ。そんな風だから、実際彼女は相当モテる。むくつけき男子学生による、彼女への求愛行動は春先から後を絶たない。しかし、大学構内に跳梁跋扈《ちょうりょうばっこ》する彼女の尻を追う不埒《ふらち》な輩《やから》たちの足跡は、そのまま敗残の歴史であった。

つい先日、誰もが為《な》し得なかった「清田家のかぐや姫」からの要求を、僕は見事に貫徹した。清田先輩は、その対価として、僕とねんごろな関係になることを呑《の》もうとしたが、僕は断ってしまっていた。

再び彼女を、今度は僕の実力で振り向かせるしかない。それが、この夏の目下の課題なのだ。

清田先輩を夏輝宅へ誘って以降、僕は幾分か積極的に彼女へ話しかけられるようになっていた。これまで外堀を埋め続けるのみだった僕にしてみれば、これは大きな変化といえた。事の進展を期待し、今日もアクティブにアプローチを掛けてみる。

「先輩も修士課程で大変ですのに、ご無理なさらなくて良かったのでは？」

言いながらさりげなく、彼女の斜め前に座る。彼女から送られてくる封筒に「薩摩」と送付状を入れて封をするという算段だ。彼女は僕に封筒を渡し、

「忙しいには忙しいが、江波先生の頼みとあっては断る理由にはならんよ」

そうとだけ言ってまた筆を握る。

「そういえば先輩、江波先生を慕ってわざわざ鹿児島を選んだのでしたよね」

封筒を受け取り、そう言って笑ってみた。さりげなく会話ができている……のだろうか？

ここで途切れてはいけない。すぐに会話の端緒を探す。封筒を見ると、凄《すさ》まじいまでの達筆で宛名が記されていた。彼女は由緒正しい商家の生まれで、幼少期から花嫁修業と称し、ありとあらゆる芸事を叩《たた》き込まれてきたそうだ。書道を手習いとしてたしなむというのは基本だろう。よし、次はこれでいこう。

「随分と字がお上手ですね。相当な稽古をなされたのでしょう」

「それは持ち上げすぎだ。私は筋が悪いとよく御祖母様《おばあさま》に言われたものだよ」

まったくそうは見えないのだけれど、書の道は奥が深い。先輩は集中しているのか、下を見ているので、なかなかその表情を拝めない。

封筒詰めを機械的に続けながら考える。何かないか。

しばらく会話を探ってみたが、なんだか今日はいつもと違う。僕の繰り出す話題はことごとく空を切り、会話も途切れがちになる。あまり目も合わせてくれないし、ひょっとしてまずいことでも言ったのかと疑心暗鬼になる。

まるで、彼女と会話するたびに緊張で空回りを続けていたあの頃に戻ってしまったみたいだ。

「どう？　そっちの作業はもう済んだ？」

西牟田さんが別の作業場所から移って来た。彼女は僕の恋路を応援してくれるよき理解者だ。僕と先輩を離れたところから見守り、しばらく経《た》ってから現状把握に来たのだろう。残念ながら、作業は終わっていないし、会話の進展もない。僕の晴れ晴れとしない表情を見て色々と察したのだろう。

「あんまりしつこいと嫌われちゃうよ。引き際も大事」

囁《ささや》くように小声で言った。西牟田さんの最後通告とあらば、今日のところは諦めるしかないようだ。僕は後ろ髪をひかれる思いで黙々と作業に没頭することにした、のだけれど。

「会報誌をちゃんと見たのは初めてだけど、なかなか面白そうよ」

予備の「薩摩」をぱらぱらとめくりながら西牟田さんが呑気《のんき》なことを言っている。手が空いているなら手伝ってほしいものだけど、彼女の好奇心は完全に「薩摩」に向いてしまっている。

「ふむふむ、先生方の論文が中心に収められているのね。巻末には院生が寄せたものもあるわ。なかなか内容が充実してるわよ。ほら、これとかいいわよ。『葛西善蔵論《かさいぜんぞう》』だってさ！」

目をきらきらと輝かせ、「薩摩」を広げて見せつけてくる西牟田さん。僕を含め文学部界隈《かいわい》の人間はあることに没頭すると視野が狭くなる傾向にある。普段は隠れているけれど、西牟田さんの本質もやはり〝国文系〟なのである。

その後も西牟田さんは「へぇー」とか「なるほど」なんて言いながら、楽しそうにページを繰っていく。放っておいたのだが、あるページに差し掛かった時、彼女の手が止まった。

「え……？」

じっと「薩摩」と睨めっこしている西牟田さんに声を掛ける。

「どうしたの？　印刷ミスでもあった？」

彼女は僕にくりくりとした瞳を向け、すっと「薩摩」を差し出した。

「これ、読んでみてよ」

開かれたのは巻末に近いページ。先生方の論文ではなく、学生が書いた手記の一つであった。

「今年で十八回目の誕生日を迎えました。

文学を志す身として研鑽《けんさん》の日々ですが、そんな忙しさの中にあっても、夏を本格的に迎えるこの時期になると必ず思い起こすことがあります。この会報誌が皆様の手もとに届くころには、梅雨は明けているのでしょうか。自然の恩恵を受け、人間は生きています。けれど、時折、大自然は人間に対し、無差別に猛威を振るいます。人々は怖《おそ》れ、時にそれを信仰の対象にしてきました。例えば、はるか昔、神話の中で、川の氾濫が八つの頭を持つ龍で表現されたように。

我々、鹿児島にゆかりのある人間にとっては、特別な日があります。八月六日、世間が広島原爆の慰霊をする日。私たちはもう一つの悲劇を思い出す。残念ながら、あの日、ヤマタノオロチを退治したスサノオノミコトは、ついぞ現れませんでした。

その年は、六月の梅雨前線の影響で、随分と長い期間、豪雨が続いていました。毎年のように九州南部は大なり小なり集中豪雨の影響を受けていますが、その年は特別でした。

八月六日、鹿児島市内中心部を流れる甲突川《こうつきがわ》が氾濫します。堰《せき》を切ったように道路には流水が溢《あふ》れ、交通網は一瞬で麻痺《まひ》。腰の辺りまで浸水しました。下荒田《しもあらた》にかかっていた歴史ある石橋『武之橋《たけのはし》』は、このとき崩れ落ちました。街のシンボルは破壊され、見慣れたはずの光景が一瞬で失われていく。人々は茫然自失《ぼうぜんじしつ》だったと聞いています。

山沿いのある地域では、緩んだ斜面の土が土石流となって流れ始めました。土石流は道を塞ぎ、電車をも巻き込み海へと流れていきます。海へ流された電車の中には確か数名の乗客が残っていたと思います。国道に流れ出た土石流は車の行く手を阻み、その場にいた二千五百名は避難することもできず、土砂降りの国道上に取り残されました。土砂崩れは二回、三回と続き、人々は死の恐怖と隣り合わせで震え上がっていました。回線は切れ、公衆電話はつながりません。それはおろか警察の無線すらも、です。ライフラインは断絶していました。絶望的な状況ではありましたが、桜島フェリーの応援や、事態の異変に気付いた地元漁師さんの活躍、現場に残り命がけで救助活動・避難指示にあたった地元警官の奮闘により多くの人々が救われました。

しかし、差し伸べられた救いの手が掬《すく》い取れなかったものがあるのもまた事実。命運はまさに紙一重。幸運にも救われる命もあれば、不運にも助からない命もあります。電車の中にいた数名や医療施設にいた患者さんから住民に至るまで、土石流はあらゆる命を平等にふるいにかけ、一切の忖度《そんたく》なく奪っていきました。冷酷に、残酷に、残忍に。そこに一切の情はありません。大いなる非情が日常を非日常に変え、現実を人々に突きつけます。結果、その夏の水害による死者・行方不明者百二十一名。被害は甚大でした。

それでも人々は立ち上がります。自然への畏怖に打ち克《か》つ唯一の術《すべ》は折れないことだと子々孫々、受け継いできました。

今年もその日が近づいております。鎮魂の灯は決して消してはならないのです
七月某日」

手記はそう締めくくられていた。僕は「薩摩」をぱたりと閉じ、西牟田さんと顔を見合わせる。これって……。

「変だと思わない？」

西牟田さんの問いに僕はコクリと頷いた。そう、確かに変だ。この手記には違和感が残る。入り乱れる思考をまとめ上げ、口にしてみる。

「これは、いわゆる『八・六水害《ハチロク》』について書かれた手記ということで間違いないよね？」

西牟田さんは首肯《しゅこう》する。

「被害者の数に鑑みて、これだけ大規模な水害は他にないと思うわ」

だとしたら、やはりおかしい。

「八・六水害」。南九州を中心に起こった平成最大級の豪雨災害。手記にある通り、多くの被害を出した大災害は今なお鹿児島県民の心の中に忘れられない、忘れてはならない傷として残り続けている。県外生の僕らでも、夏の時期になるとテレビで必ず特集さ

れる内容なので、概要はよく理解しているつもりだ。手記の内容は明らかに当時の光景を切り取ったものだ。ただ一つ問題があるとするならば。

「八・六水害が起こったのは一九九三年。今から三十年近く前のこと。しかし、この手記の冒頭を見れば、これを書いたのは十八歳の学生ということになる」

「それにしては、内容があまりにも生々しいというか。なんというか、まるでその場にいたみたいな……」

二人して首をぐにゃりと曲げる。

三十年前の豪雨災害について、当時を知っているかのように綴《つづ》る十八歳の学生。名前は載っていないため、誰が書いたものなのか見当がつかない。

「モヤモヤするわ……」

いくら考えても答えは出そうにない。おそらく、西牟田さんとあれこれと議論を重ねたところで、きっとそれは益体もないものに終わってしまうのだろう。日常に生み落とされる些細《ささい》な謎は、多くは謎を残したまま、腑《ふ》に落ちない余韻を残し、時間に摩耗され、熱力学第二法則に則《のっと》って興味の埒外へと弾《はじ》き出されていく。けれど、それはとても勿体《もったい》ないことだとも僕は思っている。

日常が非日常に変わる瞬間。人間の生み出した複雑怪奇な謎の背景には、何が隠されているのか分からない。あるいはそれは苦悩かもしれないし、無意識の罪かもしれない。

三年生になってからこっち、謎を解くことで救われた人間を僕は何人か知っている。

誰もが見落とすか、はなから取り合わない謎をそのまま見逃すことは、それを生んだ人の思考を見過ごすことと同義だ。僕はそれを逃すことなく掬い取れる人物を一人だけ知っている。

「西牟田さん、今日の夕方、予定は？」

「幸運なことにフリーよ。あら、小金井くん。昼の借りを返してくれるつもりなの？」

西牟田さんはニヤニヤと小突いてきた。もとよりそのつもりである。既に作業は佳境である。西牟田さんと二人で黙々と仕事に徹し、作業を終了させた。

「せ、先輩。今日の夜、予定はありますか？　また皆で食事でも」

去り際、最後のチャンスとばかり、清田先輩も誘ったけれど、先輩は困ったように眉根を寄せ、

「すまないが、今日は論文の執筆があってな」

案の定というか、断られてしまった。終始、浮かない顔なのは連日の論文作成の疲れのためだろうか。本当に？

釈然としないながらも、まずは「薩摩」の手記にある謎の解明が優先だ。

「いざ、唐湊へ！」

西牟田さんと二人、講義室を飛び出した。

◇

西牟田さんと二人、夏輝宅へと飛び込んだ。

「急にどうした、お前ら」

夏輝は相変わらずタンクトップ姿で体幹トレーニングにいそしんでいる最中だった。

「いやいや悪いね、夏輝。急に押しかけちゃって」

「すみません、夏輝さん。いてもたってもいられなくて」

二人して手刀を切って謝罪の体をとる。ただ、こうした急な押しかけも基本的にこいつはウェルカムだ。

「ったく、いっつもそうだろ。いい加減、事前連絡の一つもしたらどうだ、まったく」

口ではそう言いながらも、こいつは友人の来訪を待ち望んでいる節がある。その証拠に、彼の家の玄関はいつも鍵が開いている。

「そう言いなさんな夏輝。いい話があるからさ」

怪しいセールスマンみたいな誘い文句で、本日二度目のお邪魔を決め込む。

「シャワー浴びるからちょっと待ってろ」

滝のように汗をかいた夏輝は、ゴクゴクと美味そうにプロテインを呷《あお》っている。日々の鍛錬により、夏輝のゴツい体軀《たいく》は維持されているのだ。

僕と西牟田さんが謎を前にして一路、夏輝宅を目指したのには理由がある。偏屈マッチョ、人見知り、不躾《ぶしつけ》、料理好き。夏輝を評する言葉は色々とあるけれど、彼は日常に潜む謎を解き明かす達人でもあるのだ。

「これなんですけどね……」

風呂上がりの夏輝に西牟田さんが例の「薩摩」を差し出す。

「この会報誌に収められたある手記の内容がどうも謎めいていてさ」

僕の「謎」という単語に、夏輝の双眸《そうぼう》が鋭く光る。夏輝は黙して例の学生の手記に目を通し始めた。西牟田さんと二人、コタツ机の前に座し、行く末を見守る。一通り目を通すと、夏輝は深呼吸をして腕を組んだ。

「な？　変だろ？」

「確かにな。八・六水害の発生年と手記の冒頭の『十八回目の誕生日』という記述がどうにも嚙《か》み合わねえ。二人ともそこに引っかかってるってことでいいんだな？」

二人してコクコクと頷く。

「なんとなく想像できていることはあるんだが、形がまだおぼろげだ。晴太、お前が今日、俺の家を出てから再びここに舞い戻ってくるまでのことを全て、できるだけ具体的に教えてくれ」

西牟田さんの顔がぱあっと晴れる。基本的に夏輝を慕う彼女の、彼に対する評価は高い。僕は過大評価だと言って聞かせているのだけれど、まったく取り合ってくれない。今回も解決の糸口を摑《つか》みかけている風な発言を前にこの表情である。ただ、彼女の笑顔を見ると不思議と元気がみなぎってくるので、眼福を得たということで収めておく。

夏輝が現場に入らず、僕の見聞を語って聞かせることで、謎を解決に導いたことは過去にもあった。今回も、細心の注意を払う必要がある。

安楽椅子探偵への依頼の場合、僅かな証言の取りこぼしも許されないわけだ。どんな些細なことでも忌憚《きたん》なく語る必要がある。それが、夏輝が望外の真相へとたどり着く唯一の近道なのだから。

夏輝は全て聞き終わるや、大きく嘆息した。

「おおよそのことは理解できた。聞きたいか?」

「え? でも、夏輝」

すぐに真相を語りだそうとする夏輝に違和感を覚えた。こいつは謎解きを酒の肴《さかな》に宅飲みをするのが大好きなのだ。今日もてっきり宅飲みの流れになると思っていたので肩透かしを食ってしまったのだ。

西牟田さんが僕の口に指を当てる。

「何か考えがあるのよ。私たちは黙っていましょう」

まあ、それもそうか。正直、夏輝の手料理をアテにしていたので、そろそろ空腹が来そうな予感だったのだが、致し方あるまい。外は綺麗《きれい》な夕焼け模様で、差し込む日の光は淡く赤い。腑に落ちないところはありつつも、夏輝の推理演説が幕を開けた。

「まず手記の中で引っかかったことが一点ある。それは話者の当事者意識の〝揺れ〟だ」

「当事者意識の揺れ?」

ついオウム返ししてしまう。話者の当事者意識が揺れている? 僕と西牟田さんはこの手記を読んで「まるでその場にいたみたい」だと思った。つまり、話者は当事者意識を持って、八・六水害を語っていると思ったわけだ。それが揺れるとはどういうことだろう。

「客観的に見ている部分があるということですか?」

西牟田さんがおそるおそる尋ねると、夏輝はニヤリと笑った。

「そうだ、亜子《あこ》。晴太ももう一度、手記を読んでみろよ。当事者意識の揺れ。すなわち自分自身が見ていない光景を切り取っている部分があるだろう?」

「あ!」

僕と西牟田さんが異口同音に叫んだ。そして二人して同じ箇所を指さし確認する。夏輝は合格だと言わんばかりにオーケーサインを作った。

「鹿児島市内の当時の様子を振り返った段落の最後の結びはこうなっている。『人々は茫然自失だったと聞いています』とな。これが意味する事実は、つまり当時、この手記を書いた人物は、少なくとも鹿児島市内にはいなかったということだ」

なるほど。当事者意識の揺れから、確かにそれを事実と断定してもよさそうなものであるけれど。

「それがどう真相に結び付くというんだい？」

夏輝は人差し指をピンと立てた。大事なことを言うというときに彼がよくするジェスチャーである。意図通り、僕と西牟田さんは背筋を伸ばす。

「じゃあ、この手記を書いた人物はどこにいたのか？」

僕は思わずずっこけそうになった。

「待ってよ、夏輝。僕らが気になっているのは、この手記の冒頭にある『十八回目の誕生日を迎えた』という記述に対してだよ？　現在十八歳だというなら当時は生まれていないはずだろ？　そこに触れてくれなくちゃ、次に進めない気がするんだけど」

西牟田さんも続く。

「確かに、手記の作者が当時どこにいたのかという夏輝さんの命題は、私たちの命題と本質的に相容《あいい》れない部分が多いように感じる。夏輝さんの命題が仮に解けても、肝心の問題は空転したまま……」

言いかけて口を噤む。反論ととられては嫌だと思ったのだろう。何度も言うが、夏輝は彼女の料理の師匠である。

「これが関係大ありだ。だいたい、俺が無意味な考察で時間を潰すと思うか？」

「そ、それもそうだね」

とにかく聞いてみないことには始まらないわけだ。

「鹿児島市内の様子を描写した後だ。その次の段落をよく読んでみろ」

言われた通りに読み返してみる。

「山沿いのある地域では、緩んだ斜面の土が土石流となって流れ始めました。土石流は道を塞ぎ、電車をも巻き込み海へと流れていきます。海へ流された電車の中には確か数名の乗客が残っていたと思います。国道に流れ出た土石流は車の行く手を阻み、その場にいた二千五百名は避難することもできず、土砂降りの国道上に取り残されました。土砂崩れは二回、三回と続き、人々は死の恐怖と隣り合わせで震え上がっていました。回線は切れ、公衆電話はつながりません。それはおろか警察の無線すらも、です。ライフラインは断絶していました。絶望的な状況ではありましたが、桜島フェリーの応援や、事態の異変に気付いた地元漁師さんの活躍、現場に残り命がけで救助活動・避難指示にあたった地元警官の奮闘により多くの人々が救われました」

読み終わるや、夏輝が問いかけてくる。

「鹿児島市内を描写した部分と比べるとどうだ？」

少し考え込む。彼の言いたいことは分かるが、いや、しかし……。

「手記を書いた作者は、当時、この『山沿いのある地域』に実際にいたということですか？」

「その通りだ、亜子」

西牟田さんの返答に、夏輝が満足げに手を叩く。確かに『電車の中には確か数名の乗客が残っていたと思います』という表現は実際にその場にいないと出てこない表現かもしれない。

「書き手側のそういう演出とは考えられないかい？　よりリアリティを出すために敢《あ》えてとかさ。この手記は災害の恐ろしさをいつの世も忘れず、継承し、二度と繰り返さないためにというメッセージがあるものだからさ」

嫌味にならない程度に疑問を呈してみる。夏輝は即応した。

「この『薩摩』ってのは国文学会の会報誌なわけだろう？　会報誌には教授の論文も掲載されているし、教授の編集もつく。そりゃあ、大学ＯＢや会員に送るものだから体裁はきちんとしてなきゃならねえからな。学生が書いたものをそのまま載せるなんてことはないはずだ。必ず一度、書いたものは編集の、つまり教授の目を通る」

「何が言いたいんだい？」

「要するにだ。さっきから言っている当事者意識の揺れの話に戻すぞ。これが演出だったとしよう。十八歳の学生が当時の状況を調べ上げ、リアリティを出し仕上げたとしよう。だったら、鹿児島市内の様子の描写を『聞いています』なんて書かないだろうし、書いたとしても教授が止める。国文学会の会報誌なんだろ？　明確な不備をかかえた文章は掲載しないはずだ」

西牟田さんが得心したように膝を打った。

「確かに、位相のずれた文章だって批判されちゃうかも……」

なんだか頭が混乱してきた。夏輝の意図することは何だというのだろうか。真相を開陳する際、やけに勿体を付けるのは彼の悪癖である。おかげで聴いている側は、もどかしさに身じろぎすることとなる。

夏輝はパンと手を打った。

「発想を変えてみろよ。手記に虚構など一切ない。全てが事実だとしたらどうだ？」

「は？」

夏輝の恐るべき急ハンドルに、座っているのに腰を抜かしそうになった。こいつの推理はいつもとんでもない捻《ひね》りと飛躍を見せるので心臓に悪い。

　「どういうことですか？」

　西牟田さんもこれには首を傾《かし》げるばかり。怪訝《けげん》な表情で夏輝の一挙手一投足を見守っている。まるで群れからはぐれた小動物だ。

「事実なんだよ。作者が今年『十八回目の誕生日を迎え』たことも、鹿児島市内の当時の様子を人から伝聞したことも、『ある地域』で実際に土石流が流れるのを目撃したことも、全てな」

　さっぱり繫《つな》がってこない。夏輝が視《み》ているもの、夏輝にしか視えないものは、いつも僕らの想像の領域を軽く飛び越えた場所にあるのだ。

「晴太、さっきお前が話してくれた証言の中に、ばあさんがいたよな？　名前は確か」

「ミチエさんのことかい？　おばあちゃん学生の上曽山ミチエさん」

「そうだ、その上曽山ミチエ……」

　満足げに夏輝は頷いた。探偵役は、今宵《こよい》も勿体ぶった割にはあっさりと真相を告げた。

「この手記の作者は上曽山ミチエだ」

「嘘《うそ》……」

　西牟田さんは暫時、絶句した。

「しかし、夏輝。ミチエさんはあくまで聴講生だ。学部生じゃない。国文学会発行の会報誌に手記を載せるってのは……」

夏輝が反論を手で制す。

「OBだって元学部生ってだけで現役じゃねえだろ。年会費を払えば誰でも入会できる。違うか？」

「確かに、それもそうね」

西牟田さんが同調した。

「そのばあさんの住まいはどこだって言った？」

夏輝は質問を重ねる。

「そりゃ吉野町だよ」

先ほど夏輝に話した条件の中にもしっかりと盛り込んだ内容である。しかし、それがどうしたというのだろう。夏輝はバリバリと短髪を掻《か》きむしる。

「まだ分かんねえか？　八・六水害と吉野町、そして手記に出てきた『ある地域』。これを統合すりゃ答えは出そうなもんだが」

はっとしたように西牟田さんの背筋がピンと伸びた。

「竜ケ水《りゅうがみず》！」

「その通りだ、亜子。冴《さ》えてきたな」

「なるほど、そういうことか……」

一拍遅れで僕の思考も追いつく。夏輝の推理の本筋がようやく顔を覗かせた。

吉野町竜ヶ水。昔、ニュースの特集で見たことがある。国道と線路を土石流が塞ぎ、住民・乗客二千五百名ほどが豪雨の中、孤立することになってしまったと。陸の孤島となった竜ヶ水に取り残された住民や乗客は、線路上にあった電車が土石流の侵攻を阻み、現場にいた警官二名の決死の誘導、地元漁船団の応援等により、奇跡的にほぼ全員が救助されることになったと。

夏輝に言われるまで、記憶の奥底に埋没していたニュース映像や当時の再現ＶＴＲがフラッシュバックしてきた。

「ということは、ミチエさんは、豪雨災害のあったあの時、竜ヶ水に取り残された住民の一人だったということ？」

期待を込めた西牟田さんと僕の視線が夏輝に収斂《しゅうれん》する。夏輝は渋面を作り、最後は首を縦に振った。しかし、これではもう一つの疑問が残ったままだ。

「で、でも、じゃあどうして冒頭に年齢を詐称するような記述があったんでしょう？」

西牟田さんが早々にそれを表明する。

「ありゃ詐称でもなんでもねえよ。ばあさんは本当に十八回目の誕生日を今年迎えたんだ」

「そんなのファンタジーだよ！　オリンピックじゃないんだから！　四年に一回しか来ない誕生日なんてあるわけ……」

「ああ!!」

隣で西牟田さんが頓狂な声を上げ、僕の発言を遮った。興奮しているのか、僕の肩をバシバシ叩いてくる。痛いな、もう。

「さすがに亜子は気付いたか。晴太はどうだ?」

僕の目が点になる。いや、だから四年に一度しか年を重ねないなんてファンタジーだし、現にミチエさんは齢《よわい》七十二であると公表しているのだけれど。まったくわけが分からない。狐《きつね》につままれたような表情で呆《ほう》けていると、西牟田さんが苦笑する。

「まあ、でも仕方ないか。小金井くん、こういうの疎そうだし」

「二人ともいじわるしないで教えてよ!」

なんだか仲間外れにされた小学生男子の悲鳴みたいになってしまったが気にしない。

僕が知りたいのは真相である。

「花崎とばあさんは何してた?」

夏輝が問いかける。誘導には乗るしかない。

「星座占いだけど」

「ばあさんは何座だった?」

「うお座だよ。そう言ってた」

「うお座の人の誕生日はいつからいつか把握しているか?」

僕は首をぶんぶんと横に振った。

「やっぱりな」

西牟田さんが溜息を一つ。

「教えてあげる。うお座は二月十九日から三月二十日生まれの人の星座よ」

西牟田さんがさらりと教えてくれた。女の子らしい、男の子らしいなんて今の時代にはナンセンスだと思うけれど、その実、僕は星座占いを生まれてこの方、気にしたことがなかった。真相にたどり着けないのも致し方ないことだ。

夏輝は女系家族で育ち、花嫁修業をする姉に付き合わされてきた。その結果、マッチョに行き着くのはいかがなものかと思うのだが、事実、彼の本棚には花言葉図鑑が置いてある。その辺りのニュアンスに理解があってもまったく違和感はない。

「二月から三月、四年に一度。これだけキーワードが出てくれれば気付きそうなもんだがな……」

ここまでヒントが出ればさすがに分かる。

「閏年《うるうどし》か！」

「ご名答！」

夏輝の頬が少し緩んだ。

「ばあさんは二月二十九日生まれだったんだよ。理論上、誕生日は四年に一度しかこないということになる。十八に四を掛けたら七十二だ。これはばあさんの年齢とピタリ一致する。まあ、昔は、色々と面倒になるから戸籍上は二月二十八日や三月一日として役所に届けた人もいたみたいだがな」

　西牟田さんが推理演説の終了を悟り、ぱちぱちと拍手で賞賛を贈る。確かに、真相は見えたような気がする。けれど。顎の辺りを擦《さす》りながら、頭を整理する。

「でも、やっぱり回りくどい気がするんだよなあ。名前を伏せることしかり、わざわざ年齢をごまかすような書き方しかり。当時を知るミチエさんが寄せた手記とした方が、読む側はより注目するもんじゃないかな？　鎮魂の灯は消してはならないというメッセージもダイレクトに受け取れる気がするんだけど。その辺はどう考える？」

　軽い質問のつもりだった。しかし、これに夏輝は首をゆるゆると振ると両手を大きく上げた。降参という意味だろうか？

「それは俺の口から言わない方がいいかもしれねえな。正直、これについてはまだ確証を持てたわけじゃない。もしかしたら、そうじゃないかと思っている程度だ。だが、これが真実だと確証を持てたとしても、きっと俺はお前と西牟田には言わないと断言しておく」

「そんな！」

　今までの夏輝にはない反応に業を煮やす。

「何か事情があるんですか？」

と西牟田さん。夏輝は僕と西牟田さんの顔を交互に見つめて答えた。

「人の過去に必要以上に干渉するのは、俺の美学に反する。別にそれを知ったとして誰かを救えるわけでもない。だから、俺の口からは、真相が分かったとて教えることはできない」

僕たちはがっくりと肩を落とす。そりゃそうだ。

親父《おやじ》さんとの関係は雪解けを見せたものの、彼の心の傷が完全に癒えたとは言い切れない。辛《つら》い過去を持つ彼だからこそ、人の過去に土足で踏み込むような真似《まね》をするわけがなかった。

「そう落ち込むなって。少なくとも俺の口からはって言ったろ？　それに俺もそのばあさんにはちょっと興味が湧いた。明日は金曜。宅飲みには絶好の日取りだ。そのばあさんも誘ってみてくれ。ばあさん次第だが、分かることがあるかもしれない」

結局、その日はそれで解散となった。西牟田さんを送りがてら川沿いを歩く。まだ夕暮れ時ではあったけれど、薄暗い道を女の子一人で帰らせてはできる男とは言えない。

「なんか夏輝さん、変わったね」

空を見上げながら西牟田さんが遠い目をした。

「今までなら謎があれば猪突猛進《ちょとつもうしん》、最短距離で真相に到達していたでしょ？」

僕は苦笑する。確かにそうかもしれない。

「何かあったのかな？」

「西牟田さん、それは言えないよ。少なくとも僕の口からは、ね」

「そっか」

西牟田さんはそれ以上、追及してこなかった。

人を受け入れ、人を許すことを知った夏輝は確かに少し変わったのかもしれない。けれど、それはきっと今まで隠してきた夏輝の本質が出てきたに過ぎないのだと僕は思っている。そして、それはこれからも変わらない。まだ僕の知らない彼がいるはずだ。友人として、そういう姿を一つでも多く見せてくれたらな、と思う。

いつもはほろ酔い気分でつく帰路も、この日ばかりは夕焼けに染まり、どこかアンニュイな雰囲気をまとっていた。

◇

アブラゼミがかしましく鳴く文学部中庭にて、屋根付きベンチに座り、ミチエさんは優雅にお茶をすすっていた。さすがに髪色は年相応に白くなってしまっているが、今日も黒のチュニックを着こなし、お世辞なんかじゃなく若々しい印象を受ける。グレイへアすらも黒との対比で映えていた。

近づいてくる僕に気付いたのか、手をひらひらとして挨拶に代えたようだ。僕もぺこりとお辞儀する。

「お隣よろしいですか？」

「どうぞ」

促されるままに隣に座す。芝生からの照り返しがなかなか眩《まぶ》しい。

さて、どうしたものかと考える。なにせ相手は所帯持ちのおばあちゃんだ。二十代の一人暮らしでもあるまいし、今日空いてる？　一緒に飲まない？　なんて誘い文句がまかり通るべくもない。なんとかエスコートしたいものなのだけれど。

「でも、学生さんは大変よねえ。専門の勉強だけしてればいいってわけじゃないんだから。私なんて本当にやりたい勉強だけやってるんだから楽なもんだわ」

ミチエさんは莞爾《かんじ》として笑う。

「旦那さんはミチエさんが大学に行っている間は何をしているんですか？」

確か家に旦那さんを残していると言っていたはずだ。

「さあ、どうなんだろうねえ」

ミチエさんはきょとんとしている。

「分からないんですか？」

驚く僕にミチエさんは「そんなに驚くこと?」とでも言いたげに目を丸くする。

「子どももいないんだし、そろそろ何にも縛られず、自分のやりたいことをやろうってね。定年を迎えたときに二人で話し合って決めたのよ。いい加減、自由になっても良いんじゃないかってね」

熟年夫婦となるとそういうものなのだろうか。いつまでも二人寄り添って、比翼連理の仲なんてのは理想論だというのか。垣間見《かいまみ》た現実に、なんだか将来への希望が崩れ去ったような気がした。

「ミチエさんは外食はされるんですか?」

「あら、デートのお誘いかしら?」

そう言い、いたずらっぽく鼻を鳴らす。ミチエさんが見せる成熟した大人の余裕にどぎまぎしてしまう。だが、ここに来た目的を思い出し、すぐに頭を切り替える。確かに、旦那さんのいらっしゃる貴婦人をナンパとは、紳士然とした振る舞いとは言えない。しかし、食事会へのお誘いならばどうだろうか。

「所帯持ちの女性をデートにお誘いするというのは倫理上、良くありません。ただ、同じ分野を志す学生として、親睦を深める意味で家にお招きしての食事会というのであればどうでしょう? もちろん僕の他にも友人を誘ってあります」

正直、ダメもとのお願いだった。なにをしているか分からないということだったが、さすがに旦那さんの食事の用意だってあるだろうし、金曜日に食事の誘いなんて乗ってくるはずがない。夏輝はその辺の算段はしているのだろうか。そんな疑問がつらつらと湧き出てきた。

不安を感じる僕とは対照的に、誘い文句が出た瞬間、ミチエさんの表情が夏の太陽みたいに華やいだ。パンと手を合わせ、ずいと僕に顔を寄せる。

「まあ、学生さんたちと一緒にお食事ができるの？　素敵じゃない。お誘い、ありがたくお受けするわ」

なんと、ミチエさんは二つ返事で了承したのだった。唖然《あぜん》とする僕。鼻歌をうたいながら、次の講義の支度を始めるミチエさん。こんなに簡単に話が進んでいいのかしら？

「で、では六時にもう一度、この中庭で落ち合いましょう」

こうして、僕らの宅飲みにミチエさんも参戦する運びとなった。

◇

夏輝宅での宅飲み。それは週末を迎える僕らにとっての定番だった。気心の知れた仲間が寄り集まって、美味いアテを肴に好きな酒を酌み交わす。学生街のまん真ん中に位置する血気盛んな夜の騎射場《きしゃば》通りの喧騒《けんそう》や、大人のムード漂う天文館《てんもんかん》での夜半の宴席もいいけれど、静穏でいつまでも居座れる心地よい空間というのも存在する。そこにラストオーダーは存在しない。鹿児島の長い夜が幕を開ける。

ミチエさんとは約束通り、六時に合流した。聞けば、講義が終わって中途半端に時間を持て余したため、大学図書館で文献にあたっていたらしい。淑女を待たせるとは何とも失礼千万な話であるが、まあ待ってほしい。僕だって大変だったのだ。

「目上の人間をもてなすのに待たせるようなことがあっちゃならねえ」

昨日の帰り際、夏輝はそんなことを言い出した。夏輝は人に手料理を振る舞うことに関しては一切の手を抜かない。こうなったらこいつは聞かないぞと僕は苦笑した。

いつも内輪で行う宅飲みでは、僕が食材を調達し、夏輝宅に持ち帰って夏輝が調理。最後にみんなで食すという流れが常だった。だから、宅飲みメンバーは彼が調理する間、各々、夏輝宅で暇を潰すことになる。

仲間内ならそれは失礼にならない。しかし、わざわざ誘った客人、それも人生の大先輩ともなればそうはいかないというのが夏輝の論理だった。そして、彼の変なところで完璧主義のおもてなしの煽《あお》りを受けるのは、たいてい相方である僕である。

まず、ミチエさんを家に迎え入れる午後六時半に料理が完成していなければならない。そうなれば繰り上がるのは調理時間である。夏輝の料理は毎回、相当な手の込みようである。料理は手間暇であることを金科玉条とする彼だ。レンジで簡単お手軽レシピというわけには当然いかず、相応に時間がかかる。となれば、調理の前段階である僕のお使いというタスクは更に時間帯が繰り上がることとなる。

結局、僕は昼間、講義の合間を縫って、夏輝の車を使い、彼の課したお使いを完遂していたのだった。当たり前のようにお使いの担当が僕に割り振られる不条理に打ち震えたが、なんのことはない、いつもの光景である。夏輝は生来の出不精で、講義以外は滅多なことでは外出をしない男なのである。

夏輝の軽自動車を乗り回し、スーパーで大量の食材を確保。その足でミチエさんを食事に誘い、講義後に夏輝宅へエスコート。小金井晴太の八面六臂《はちめんろっぴ》の活躍により、舞台は整ったのである。

てっきり、ミチエさんは車を出すのかと思ったけれど、

「唐湊ならすぐそこじゃない」

と、まさかの徒歩を選択したので、大学から歩いて夏輝宅を目指した。ミチエさんの足取りは軽く、齢七十を超える女性のそれとは思えなかった。昼間の暑さがまだ残る夕暮れ時だというのに息一つ切れる様子もない。さすが、十代、二十代の学生と共に学ぼうというバイタリティに溢れた女性は違うなと思った。

「五階はさすがにしんどいわね」

口ではそう言いながら、苦しそうな素振りも見せず夏輝宅のアパート最上階を踏破す

るのを見たときには感動さえ覚えた。若いって素晴らしい！　と、くたびれたジーンズとTシャツ姿で彼女の後塵《こうじん》を拝した二十歳、男子大学生は思った。

夏輝宅の鉄扉《てっぴ》は今日も今日とて錠が下りていない。合図のチャイムを鳴らして、そのままドアノブに手を掛ける。

「お邪魔するよ、夏輝」

いつもなら寸胴《ずんどう》からもうもうと湯気が立ち昇り、フライパンを煽る大男がキッチンに立っていても何らおかしくはないのだが、今日は違った。玄関そばのキッチンにあるコンロには寸胴もフライパンも置かれておらず、綺麗に片付いている。

「タイミングばっちりだ！　でかしたぞ、晴太！」

準備万端といった様子の夏輝が、部屋の奥から手招きする。さすがに初対面の淑女の前でタンクトップはまずいと踏んだのか、申し訳程度にシャツを羽織っている。

「お待ちしていましたよ、ミチエさん！」

一足先に到着していたであろう西牟田さんが玄関口に駆け寄って来た。今日はワンピースにパーカーを合わせたスタイル。気取らない感じが逆に決まっている。

「まあまあ、亜子ちゃんも来てたのね！」

二人でハイタッチをしてはしゃいでいる様子が微笑《ほほえ》ましい。まあ、西牟田さんは良いとして。のしのしと玄関へ近づくは清田夏輝その人。初対面のミチエさんに対してどういう態度をとるか。昨晩、ミチエさんを「ばあさん」呼ばわりしていたのが思い起こされる。

「晴太から名前は聞いてる。俺は清田夏輝だ。まあ、狭い家だがゆっくりしていってくれ」

太い腕がグイと伸びる。言葉がなんだかぶっきらぼうであるが、一応、握手のつもりらしい。しかし、こいつの女性アレルギーは未だ健在のようだ。西牟田さんと交流することで慣れてきたと思ってはいたのだが、人が変わると途端にこうなる。

まあ、握手を求めるだけ成長したと思いたい。敬語を使わないのはいかがなものかと思うのだけれど。

しかし、そこは人生四周り上の大先輩。鼻白むでもなく、立腹するでもなく、微笑をたたえて夏輝の手をとった。

「お言葉に甘えて、お邪魔するわね。夏輝くん。上曽山ミチエよ、よろしくね」

夏輝の白皙《はくせき》の頬が赤みを帯びたのは言うまでもない。

部屋奥に配されたコタツ机には、既に宴《うたげ》の準備がなされていた。本日のお品書きはミチエさんに配慮して和食。最近、夏輝のレパートリーに加わった〝生活感〟ある家庭料理というやつだ。なにやら美味そうな匂いが立ち込めている。

「まあ、美味《おい》しそうね」

ミチエさんが喜色満面で声を弾ませたのも無理はない。それは、いつぞや夏輝が小春先輩に振る舞ったこともある南国鹿児島の家庭料理だったのである。

四人してコタツ机に車座になる。今日のお品書きは、薩摩揚げに薩摩汁、鶏の刺身などなど。まさに南国鹿児島の味フルコースである。

「さて、食うか」

夏輝は既にして戦闘態勢万端のようで、手元にビールのロング缶三本をスタンバイさせている。こいつは、どんな料理に対しても、最初はビールと決めている。

「じゃあ私はこれにしようかな」

西牟田さんは、持参した芋焼酎をナップサックから取り出した。可憐《かれん》なる女子大生がバッグから焼酎瓶とはいかがなものかと思うのだけど、西牟田さんは天文館のパトロールを趣味にしている無類の酒好きだ。他の女子諸君がタピオカミルクティーに長蛇の列を作る中、鼻歌まじりに夜の飲み屋街を闊歩《かっぽ》する猛者《もさ》だ。場数が違う。

「えーっと、それじゃあ僕は……」

夏輝の冷蔵庫を勝手に物色する。家主は特に怒ることなく静観している。別に僕は人の家の飲み物にタダでありつくようなデリカシーのない男ではない。夏輝宅に備蓄された数多《あまた》の酒は全て僕持ちなのである。その代わり、宅飲みの際の材料費は夏輝が払うことになっている。別に契約書を交わしたわけでもないのに、僕と夏輝の間にいつのまにやら成立していた不文律となっていた。

迷ったけれど、冷蔵庫から日本酒を取り出した。鹿児島料理と日本酒のマリアージュは果たして？　といったところか。

同時に料理に正対するミチエさんへ振り返る。

「ミチエさんはどうされますか？　お車でしたよね？」

「お気遣いありがとう、晴太くん。お茶をお願いしても良いかしら」

ミチエさんにグラスをサーブする。さて、宴の準備は整った。腹の虫が今か今かと開戦を待ちわびている。

「いただきます！」

四人して異口同音手を合わせる。よし！　食事の時間だ！

こういうとき、まずは汁物からと相場が決まっている。四人それぞれに配された薩摩汁に手を付ける。サツマイモにごろごろとした根菜類、そして豪快に骨付きのままぶつ切りにされた鶏肉が一気に口の中に広がり、食感が面白い。味噌《みそ》がガツンと利いた濃厚な味付けの最後にかすかに刻みショウガの香りが鼻を抜ける。

「豚汁とはまた違う味わいですね。サトイモじゃなくてサツマイモを使っているから自然な甘みが演出されています」

なんだか料理研究家みたいなコメントを西牟田さんが残した。西牟田さんはよく夏輝の料理蘊蓄《うんちく》を走り書きでメモしている。ほんの一カ月の間に、感想コメントがやたら達者になっている。これは成長なのかしら？

夏輝は僕らになんか目もくれず一点だけを見つめていた。静かに椀《わん》をもち、薩摩汁をすするミチエさんがそこにいた。生粋の鹿児島県人に夏輝が作った鹿児島の郷土料理を食べてもらう。一体、どんな感想が生まれるのだろう。なんだか僕まで緊張してきた。

ミチエさんは静かに椀を置いた。

「とっても美味しいわ。サツマイモをわざと煮崩して、汁に溶け込ませているのがポイントね。余計な調味料で甘みを足さなくていいから、優しい味わいに仕上がっているのね。その年で足し算ではなく引き算の料理ができるなんて恐ろしいわ」

聞き終わるや、ガタリと夏輝が大柄な身を乗り出した。

「あんた、料理分かるのか！」

僕は薩摩汁を吹き出しそうになった。興奮しすぎだ、夏輝。あんたはないだろう、あんたは。

「やあねえ、何十年、旦那の胃袋を摑んできたと思っているのよ。こちとら和食のプロよ！」

おちゃめにピースサインするミチエさん。

「それもそうか」

西牟田さんがぽんと手を打った。西牟田さんに目くばせし、お互いにほくそ笑む。なんとか上手《うま》くいったようだ。

正直、ミチエさんと夏輝を引き合わせることに、最初は若干の抵抗があったのだ。なにか失礼をやらかすんじゃないかと。そして、ミチエさんが憤慨するようなことがあってはまずい。そう思っていたのだが、どうやら杞憂《きゆう》だったようだ。

夏輝は嬉《うれ》しそうに、自分の料理をミチエさんに勧めていた。一安心した僕と西牟田さんは、この日初めて酒に手を付ける。

酒が入れば、胃袋も目覚めるというものだ。次々と料理に箸が伸びていく。

九州でも南の方にしかない食文化。鶏肉の刺身をパクリ。食鳥処理場に独自のガイドラインを設ける鹿児島だからこそ為せる業。鶏肉の生食。実に美味いものである。酒が進む。

「薩摩揚げも揚げたてで美味しい！」

頬を赤らめながら、西牟田さんが唸《うな》る。美味そうな香りにつられ、僕も一口。

「美味い！」

これは酒のアテにぴったりだ。夏輝は缶ビールをぐい飲みすると得意げに鼻梁《びりょう》をかいた。

「変わり種で中に枝豆を練りこんである。夏らしくていいだろ？」

「本当ね。緑が入ることで彩りも良くなるわ。生地と具材が分離せず一体となっているから、味もバラけていない」

普段は柔和な表情の絶えないミチエさんだが、だんだんと真剣そのものの表情になっている。これが主婦の本気なのだろうか。僕のお気楽コメントなんかとは情報量、質ともに違いすぎるほど本格的な品評である。

夏輝の目に輝きが増す。

「そうなんだよ！　生地と具材を混ぜる前に軽く具材に片栗粉《かたくりこ》をなじませておくことで分離を防ぐ。その後、時間をかけて生地と具材を粘りが出るまで練りこむ。これがまた時間がかかるんだよ！」

「さつま揚げが練り物って言われる所以《ゆえん》ね。けれど、面倒がって欠かしてはならない手間でもあるわ。若い子で多いのよね。やたらと料理の知識はあるけれど上手くいかない子って。頭でっかちになってはいけないわ」

「ぐっ……」

なぜだか西牟田さんがこれに反応し苦い顔をした。

「いやあ、話が分かる人間がいると違うもんだ。さあ、どんどん食ってくれ！」

楽しさから酒が進んだのか、夏輝は三缶目のビールを早くも飲みきって焼酎瓶を手に取った。芋焼酎をオンザロック。いつだって変わらない、夏輝の定番。

しかし、今日の夏輝の表情は確かにいつもと違っていた。これまで、彼の料理を食べた友人たちは口々に美味い美味いと賞賛を贈ってはいたけれど、それ以上の言葉を持ち合わせていなかった。無論、料理人にとってあれこれと無駄に飾りたてられた美辞麗句は必要ないとは思う。心の底から美味いと言えば気持ちは伝わるし、それだけで嬉しいと感じるはずだ。

けれど、ミチエさんのような主婦の意見も聞きたいとは思っていたはずなのだ。自分の料理は家庭料理の専門家からはどう評価されるのか。どこが良くてどこがまずいのかを知識と経験に裏打ちされた根拠をもって示されるという機会は、確かにこれまでの宅飲みではなかった。

夏輝は料理にはほとんど手を付けず、焼酎をぐい飲みして次々に杯を空けながら、ミチエさんの話に聞き入っていた。

「さあ、そしてこいつが本日のメインディッシュ。『とんこつ』だ！」

自信満々の夏輝に僕が突っ込みを入れる。

「おい、夏輝。どこにもラーメンなんてないじゃないか」

コタツ机のどこを見てもどんぶりなど置かれていないし、とんこつスープ特有のクセのある濃厚な香りも漂っていない。一人勇み足をしてしまったとんこつラーメン至上主義の僕に、ミチエさんが笑いながら補足を入れた。

「晴太くん、『とんこつ』っていうのはラーメンのことじゃないのよ」

「そういえば、小金井くんって福岡出身だっけ。そりゃあ、『とんこつ』と言えば博多のとんこつラーメンよね」

合点がいったのか西牟田さんもぽんと膝を打つ。

「なんだ、お前。鹿児島に来て三年になるのにそんなことも知らねえのかよ」

夏輝がおちょくってきたので少々むっとする。家庭料理を作り始めたのは、こいつだって最近になってからである。ミチエさんが「まあまあ」となだめた。

「いいか、晴太。『とんこつ』ってのは、鹿児島を代表する郷土料理でスペアリブの味噌煮込みだ」

夏輝が指さす一画。丸い椀によそわれたのは骨付きの豚肉。大根やニンジンとともによく煮込まれたのだろう、各具材が味の染みた飴色《あめいろ》に輝いている。

「こ、これは焼酎がとても合いそうなメニューですね」

酒好きの西牟田さんがゴクリと喉を鳴らす。たまらず僕と西牟田さんの箸が「とんこつ」に伸びる。軟骨の部分は薄く透き通っており、少しでも力を入れればほろほろとほどけてしまいそうなほど柔らかい身質だ。我慢できず一切れを口に放り込む。

「美味すぎる!」

「美味しい!」

僕と西牟田さんが口々に快哉《かいさい》を叫んだ。鹿児島らしく甘辛く味付けされた豚肉に味噌の濃厚な風味がとても合っている。この味は無類である。

西牟田さんは焼酎をくいっと一口。

「やっぱり、これ芋焼酎に合います！　夏輝さんもほら一口！」

嬉しそうにはしゃぎながら夏輝のグラスに焼酎をなみなみ注ぐ西牟田さん。

「いや、俺はそういうのはあまり……」

元来、酒と料理の組み合わせは気にしない夏輝である。こいつはザルだが、酒の味を覚えたのはつい最近だ。飲み方を心得ていないので、いい機会とばかり僕も乗っかる。

「そうだよ、夏輝。こういう甘く濃い味付けに芋焼酎は最高に合うんだ。併せて飲んでみなよ」

「そ、そういうもんか……」

普段は自らの料理に舌鼓を打つ僕らの姿を酒の肴にする夏輝に、本当の酒の味を教えてやらなければならない。夏輝は「とんこつ」を一口。しっかりと咀嚼《そしやく》し、焼酎を呷《あお》った。整った眉がピクリと動いたのを僕は見逃さなかった。

「これは……」

それ以上は何も言わず、次は大根に箸をつける。もう一度、焼酎を呷る。

「どうだい？」

「確かに、お互いの香りが邪魔になっていない感じはするな。美味いぞ、これ!」

「なら良かった」

夏輝も大人の階段を一歩上ったといったところだろうか。微笑ましそうに、僕らのやり取りをミチエさんが見つめている。なんとしたことを。年長者優先、レディーファーストを忘れてしまうとは。美味なる料理の引力や、恐るべし。

「失礼しました、ミチエさん! 今よそいますね」

言いながら取り皿に「とんこつ」を盛り付ける。ミチエさんは恐縮したように、

「いいのよ、私に気を遣わなくても。普段通りやってくれれば、それで」

そう言っていたのだが、いざ「とんこつ」を前にするとやはり顔つきは真剣そのもの。すぐに切り替わる。僕と西牟田さんは居住まいを正す。なぜか走る緊張感。夏輝も焼酎を飲む手を止め、固唾を呑んで見守っている。

メインディッシュと表現していたことから、この料理にもっとも手が掛かっているのは自明である。それを家庭料理のプロであるミチエさんがどう評価するのか。夏輝でなくとも興味がある。

ミチエさんはゆっくりとした所作で豚肉に箸を入れる。ほろほろと肉がほぐれる。断面から透明感溢れる肉汁が流れ出た。艶やかな肉は「いただきます」という一言とともに口へ運ばれる。コトリと箸を置くミチエさん。夏輝の方へと身体を向ける。

「夏輝くん、生まれは？」

まさかの質問に大男がたじろぐ。

「と、東京だ」

「そうなの。独学でよくここまで……」

ミチエさんは誰に問いかけるでもなくそう言うと、

「確かに美味しかったわ」

素直な感想を口にした。僕はほっと胸をなでおろした。しかし、その時だった。

「ただし、一つだけ言わせて」

照れくさそうに破顔する目元には皺《しわ》が寄っている。

「な、何か問題でもあったか」

今一度、夏輝は巨軀を乗り出す。

「人が丹精込めて作った料理にあれこれケチを付けるのはみっともないって分かっているわ。でも、もったいないなって思っちゃったから言わせて。お願い！」

夏輝に向けて手を合わせるミチエさん。

「は、早く教えてくれ」

夏輝は辛抱たまらずといった様子だ。

「甘さがね、ちょっと軽いのよね。コクが足りないのよ。今でも十分に美味しいんだけど、この料理は更に深くなれると思うの」

「ミチエさん、その心は？」

某長寿番組の大喜利コーナーの名司会者みたいな口調でずいと西牟田さんが小さな身体を目いっぱい伸ばしてミチエさんに接近した。

「夏輝くん、白砂糖使ったでしょ？」

「へ？」

僕の目が丸くなる。もっと複雑な神髄があるのかと思ったのだ。しかし、ミチエさんの出した答えは僕らでも分かるような非常にシンプルなものだった。不意を突かれたのか、夏輝は首肯するほかない。

「夏輝くん。鹿児島ではね、『とんこつ』には黒砂糖を使うのよ。それが本当の郷土の味なの」

夏輝は狭いデコをピシャリと打った。

「なるほど、黒砂糖か！」

黒と白でそんなに違うものなのだろうか。西牟田さんと二人首を傾げる。白黒はっきりしない回答の意図を、しかし夏輝だけは明快に理解したらしい。何度も「そうか、そうか」と誰に問うでもなく呟《つぶや》いている。

「上曽山ミチエさん。あんたにお願いがある」

眼前には衝撃的な光景が展開されていた。夏輝が、あの夏輝が。なんと正座をしているのである。姿勢正しく、夏輝は続ける。

「俺は料理が趣味で洋の東西問わず様々な料理を作ってきたが、和食だけは避けてきていた。今、イチから学び直しているところだ。もし良かったら、俺に料理を教えてくれないか？」

今、とてつもないことが起きようとしていた。歴史的瞬間を目の当たりにしている。

「私なんかで良ければ喜んで付き合うよ、夏輝くん。これからもよろしくね」

「夏輝が人の下に付いたああああ！！！」

夜の唐湊に僕の絶叫がこだました。

「近所迷惑だろ、バカ」

夏輝に頭をド突かれたのは言うまでもない。

◇

夏輝の交友録に正式にミチエさんが加わった。今日は記念すべき日だ。嬉しい誤算もあるもんだと胸もはずみ、自然と酒も進んだ。

机の上の料理もあらかた片付いたところで、僕は思い出したかのように、

「あっ！」

と声を上げた。すっかり忘れていた。ミチエさんをここに誘った目的を。西牟田さんに目くばせすると、意図を察したのかコクリと頷き、バッグから例の会報誌「薩摩」を取り出した。

「あの、ミチエさん。この手記なんですが」

例のページを開く。

「これって……」

ミチエさんの顔を覗き込む。

「あら、バレちゃったの。凄いわね、あなたたち。完璧だと思ったんだけど！」

意外にも、彼女はおどけて見せた。茶目っ気たっぷりに笑顔を作っている。

「やっぱり、あんたの体験談だったたってわけか」

ミチエさんはあっさりと事実を認めコクリと頷いた。

「まあ、そうなるわね。時期的にも、特に学生さんにあの日の出来事を発信したくってね。江波先生も同じ思いだったみたいで、執筆の依頼を受け書き上げたのがその手記よ」

僕と西牟田さんは顔を伏せる。豪雨が身体を打ち付け、体温を奪われる中で土石流の危機にさらされたのだ。よほど辛い体験だったに違いない。自然、僕と西牟田さんは俯《うつむ》きがちになる。

「まあまあ。ほらほら、未来ある若者が、そんな辛気臭い顔をしないの。だから隠したかったのよね、あの手記を私みたいなおばあちゃんが書いてるってこと。ほら、バレちゃったら、なんだか皆、遠慮しちゃいそうじゃない？　壮絶な過去が隠されたおばあちゃんだ、みたいな印象が乗っかっちゃってさ。文学を志す者として、対等に接してほしいというかなんというか」

ミチエさんは吹っ切れたような表情で遠い目をした。

「まあ、本当はね。あの子のことも書ければ一番だったんだけど、さすがにその勇気はなくってね……」

「おい、もういい。この話は。亜子も会報誌をしまえ」

歯切れ悪く夏輝が割って入るが、ミチエさんは手で制した。

「いいのよ、夏輝くん。どうも君は勘付いているみたいだね。賢い学生さんだ。それに夏輝くんや晴太くん、亜子ちゃんとは、これからも付き合いが続きそうだからね。対等な交友関係に隠し事があっちゃダメよ」

夏輝は深く息をついた。それから頭を振った。

「あんたが語るつもりならそれは自由だ。止めはしねえよ」

ミチエさんは夏輝へ会釈すると、僕と西牟田さんへ向き直った。

「私には大学一年生になる息子がいたのよ。本当に絵に描いたような文学青年で、流行りのゲーム機やスポーツ用具なんかよりも、文学小説をねだるような、そんな子だった。市内の大学を受験したときも、迷わず文学部を志望するくらいにはね。大学も夏季休暇に入っていたあの日。私は大学入学以降、外食の増えた息子に栄養をとらせようと買い物に出た帰りだった。旦那は仕事に出ていた。あの家にいたのは、あの子だけだったの」

皆、ミチエさんの述懐を黙して聞くのみ。沈黙が重く、まるで質量を持っているかのようにのしかかる。まさか。確信に近い予感がよぎっていた。

「息子が土石流に流され行方知れずになったことが分かったのは、私自身が漁船団に救助され、一夜が明けた頃のこと。はっきり言って生きた心地がしなかったわ。いや、その晩から二十年以上、私は精神的に死んでいたのかもしれない。ついぞ発見されなかった息子が、まだどこかで生きているんじゃないか。そんな期待を心の隅に抱えながらね。けれど、そんな空虚な希望は所詮まやかしに過ぎない。息子は、もうこの世にはいない」

悔恨の念の吐露。ミチエさんは大きな十字架を背負って生きてきた。あの水害が奪っていった代償はあまりにも大きい。

「ミチエさん、もうそれ以上は……」

西牟田さんが声を震わせる。しかし、その台詞は最後まで吐き出されることなく、虚空へと掻き消える。誰が、ミチエさんの告白を止められようか。心の傷をさらけ出してくれた彼女を遮れようか。

人の過去に足を踏み入れること、そこには大きな覚悟と責任が必要だ。一度、そこに足を踏み入れた僕たちには、結末を見届ける責任がある。

渋面を作る僕たちとは対照的に、ミチエさんの表情は変わらず晴れやかだった。

「定年を迎え、旦那が退職をした後に、二人だけの家族会議を開いたの。これからのセカンドライフをどう生きるかってね。旦那はこう言ったの。『そろそろ自由に生きてもいいんじゃないか』って。息子の死に縛られて、何もできず、毎夜枕を濡《ぬ》らし、打ちひしがれて生きるのは、あの子も望んでいない。だから、私決めたのよ」

ミチエさんは得意げに胸をはった。

「私はあの子が果たせなかったことをやろうって。あの子が大好きだった文学を志し、あの子が半年だけだけど通った学《まな》び舎《や》で学生として生きてやろうって。それが弔いになるんじゃないかってさ。結局、私はまだあの子に縛られているんだと思う。けどさ、夏輝くんや晴太くんや亜子ちゃんみたいな若い子に囲まれて学問を修めるのも悪くはないかなって思えてきたのよね、最近」

さんざっぱら泣きはらしてきたのだろう。ミチエさんの目に涙はなかった。

お互いがお互いを尊重した結果、二人それぞれが自由に生きる。ミチエさんが旦那さんを気にしていないようなことを言っていた理由が分かり、なんだかとてもスッキリした。

「旦那さんは何をしてらっしゃるんですか？」

何気なく、質問を向けた。ミチエさんは苦笑する。

「結局、あの人も全て清算して過去をなかったことにするなんて、できなかったのよね。笑っちゃうでしょ？　今は児童養護施設の職員として働いてるのよ。仕事第一で、息子には父親らしいことは何もできなかったから、せめて身寄りのない子の父親代わりになるんだって息巻いてさ」

西牟田さんは目をうるうると滲ませていた。

「亜子、泣くのだけは許さんぞ。少なくとも上曽山さんの前では涙を流すな」

「う、うん。ごめんなさい」

夏輝の意図を察したのか、西牟田さんは静かにトイレに立った。少し時間がかかるかもな。

しかし、家族に対するトラウマを抱え、家族という縛りを象徴する名字呼びを避け、多くの友人を名前で呼んできたこいつが「上曽山さん」とは驚いた。ミチエさんの背景にいるもう一人の存在に敬意を払ってのものだとするのは考えすぎだろうか。

照れくさそうにミチエさんは空咳をして、

「しかし、よく分かったわね、夏輝くん。私の過去に勘付いていたんでしょう。私の話が本題に入ろうとしたときに止めてくれたもんねえ」

そうやって話題を変えた。確かに、そうだ。夏輝は僕と西牟田さんの証言と「薩摩」の手記の内容を見ただけで、ミチエさんの過去を理解したということになる。

しかし、成熟した大人の女性を前にして、今日の探偵は少々歯切れが悪い。

「か、確証はなかったよ。ただ、なんとなくそう思っただけだ」

いつもは舌鋒《ぜっぽう》鋭いその弁も、しどろもどろである。まあ、こいつは、酒を飲めば飲むほど頭が冴えるなんて稀有《けう》な才能をもつ人間だ。ミチエさんとの料理談義に花を咲かせるあまり、いつもと変わらぬハイピッチというわけでもなかったからエンジンが掛からなかったのも止《や》む無しかもしれない。

夏輝は、それでも、これではまったく回答になっていないと踏んだのか、訳を話し始めた。

「ヒントになったのはあの手記の内容だ。こういう災害に寄せる手記、それも多くの学生が読むことになるであろう手記だ。普通は、今後いつ同様の災害が発生するか分からない。同じ過ちを繰り返さないために、というような教訓めいた終わり方をするもんじゃないか？　しかし、あの手記は違った。鎮魂の灯は消してはならない。このメッセージは、災害経験者というよりは、むしろ被害者側の言い回しだ」

多少は舌が回ってきたのか、夏輝はグラスに残った芋焼酎を勢いよく呷った。

「上曽山さんは事実として生き延びていた。加えて、旦那さんも健在。そして、わざわざ最初に書かれていた十八回目の誕生日というキーワード。あまり考えたくはない可能性だったんだが、推測の一つとして、子どもの影がちらついちまったんだ」

そこまで聞いて僕も頭を巡らせる。もしかしたら、あの冒頭の文は十八歳で帰らぬ人となった息子さんの遺志を継ぐという母としての決心が出たものだったのかもしれない。

「いけない、さすがにこれ以上長居したら旦那が心配するわ。そろそろ帰らなくっちゃ」

ミチエさんが慌てて席を立った。

「送りますよ」

腰を上げかけた僕の肩をゴツい両腕が物凄い力で押さえつけてきた。

「上曽山さんは俺が送る。晴太は留守番して亜子をなんとかしておけ」

なんと夏輝が僕の代わりに腰を上げた。

「あら、いいのよ、夏輝くん。こんなおばあさんなんか誰も気にも留《と》めないわよ」

「い、いや。俺はあんたにこれからも和食を教わりたいし、何かあっても困るというか」

ミチエさんが吹き出した。ゴツい肩をパンパンと叩いている。

「なんだ、ちょっとは可愛《かわい》いところがあるじゃないの。気に入った。あなたには、私の至極のレパートリーを叩き込んであげるわよ」

「よろしく頼む」

僕は呆気《あっけ》にとられてその場に立ちすくんだ。まさか、夏輝が送迎役を買って出るなんて思いもよらなんだ。まあ、ショックを受けた西牟田さんの介護は手に負えないと考えたと言われればそれまでなのだけど。

けれど、夏輝が人に素直に教えを乞うなんて意外だった。それだけミチエさんのコメントが的確だったのだろう。これからミチエさんの薫陶を受け、磨きのかかった夏輝の家庭料理を食べられるなんて、なんともわくわくする。

期待に胸を膨らませ、トイレの前へと足を運ぶ。

正真正銘、忙《せわ》しなかった一日を締めくくる最後の一仕事である。早いところ終わらせてしまおう。きっと、この後、飲み直しになるのだから。

そうして、鹿児島の週末の夜は、実にゆったりとビターな後味を残して過ぎ去っていった。

幕間劇　その壱

ミチエさんの衝撃的な独白から一夜が明け、土曜日の午後九時。大学構内のほとんどの施設は閉鎖され、その活動を停止する。

宵闇に紛れ、ある者は酒の魔力に誘われ居酒屋へ。またある者は血わき肉躍る闘牌《とうはい》の場、雀荘《じやんそう》へ。そしてまたある者は、きらびやかなネオンが光るパチンコ店へ。学生街、夜の騎射場へと三々五々消えていく。

そんな狂騒に身を委ねることもなし。文学部構内に僕はいた。文学部棟三階にある我が研究室の窓を見やると、そこには煌々《こうこう》とした光があった。

複数ある出入口の一つの前に立ち、学生証を取り出す。一般の人はこの時間の学部棟には決して入場することはできないが、学部生は違う。学生証をカードリーダーに通すことで、学部棟への立ち入りが二十四時間可能となるのである。それゆえ、卒論作成が佳境となる一月ともなると、各研究室の窓から二十四時間体制で光がこぼれ、気息奄々《きそくえんえん》たる学生たちが半死半生でキーボードを叩く音で、老朽化が進んだ文学部学部棟の骨組みが鳴動するとかしないとか。

リーダーに学生証を通す。ランプが緑色に光り承認を知らせる。自動ドアが機械的な音を立てて開いた。

学部棟内に入ると人感センサーが反応し廊下が照らされる。しかし、いつ入ってもかび臭い匂いが鼻をつく。歴史書や学術書が各研究室に所狭しと並べられているため、致し方ないことなのであろう。卒業してから訪れれば懐かしいなと懐古できるのだろうけれど、まだまだ現役バリバリの二十一歳。感傷に浸れるほど人生の辛酸は舐《な》めていない。

一路、研究室を目指す。階段を上る足音がフロアに反響する。近代文学ゼミ研究室は三階の最奥に位置している。ドアには防犯上の理由からロックが掛かっており、もちろんゼミ生と教授しか暗証番号を知らない。

しかし、今日はそれを入力する必要もない。中には人がいる。僕はドアノブに手を掛けた。蛍光灯の明かりが辛気臭い研究室を無暗に明るく照らしている。しかし、その光以上に、照覧あれ。その人が放つ眩《まば》ゆいまでの後光を。

研究室据え置きのデスクトップの前に、無心でキーボードを叩く女学生一人。小気味よいリズムで刻まれていたキーボードの音が止まり、その人の全容が露《あら》わになる。

純白の肌に映える艶やかな黒髪がなびく。純和風な顔立ちに漂うは育ちの良さがそのまま現出したかのような楚々《そそ》とした雰囲気。僕は何度この人の前で息を呑めば良いのだろう。

「珍しいな、小金井三回生。君も課題か？」

清田小春先輩は少々疲れた表情で僕を迎えてくれた。

「すみません、先輩。お忙しいのに、作業を止めさせてしまって。最終レポートの仕上げをと思いまして」

言いながら荷物を机に置く。研究室の中は冷房の利きが悪く、お世辞にも快適とは言い難い。Tシャツを摘み上げ風を送り、火照った体を涼ませる。

「なに、心配には及ばないよ。私もそろそろ一息つきたかったところだ」

清田先輩は持参したタンブラーを取り出した。

「他に誰もいないんですか？」

「夕方までは花崎三回生をはじめ、ゼミ生が数人いたのだが陽《ひ》が落ちる頃には帰ってしまったよ。休日の夜。その方がむしろ健康的だな」

先輩は乾いた笑い声を上げた。やっぱりおかしい。普段の凜とした彼女のキレの良さが鳴りを潜めている気がする。

しかしながら、小休止。いいタイミングで来ることができた。加えて、研究室には他に誰もいないときた。もっけの幸いである。

実は、休日のこんな時間に研究室を訪れたのには訳があった。昨日の清田先輩の素っ気ない様子が気になり、探りを入れられないかと思っていたのだ。

詮索屋は忌み嫌われると太古の昔より言われているけれど、思い人の身を案じることを詮索とは言わないのである。おそらく、たぶん、きっと。

僕も缶コーヒーを取り出した。プルトップを引くと冷気が一気に解放される音がした。ひとまず世間話の種を探すこととする。

「こんな時間まで研究室に残るなんて、やっぱり院生は大変なんですね」

清田先輩はタンブラーに口を付け、細い息を吐いた。そして髪を掻きあげる。

「大変は大変だが、自分で選んだ道だ。愚痴を吐いてもいられんよ」

「やはり、江波先生は専門のことになるとお厳しいですか？」

「そりゃ厳しいさ。いや、厳しいというよりは妥協を許さない人なんだと思う。言い訳をさせないし、詰めるところはとことん理詰めでくるから、こちらとしてはぐうの音も出ない。まあ、心配せずとも来年の今頃には君にも分かるよ」

「そ、卒業論文……」

僕は絶望的な溜息をつき、頭を抱えた。

「おっと、後輩をちょっと脅かしすぎたか」

先輩は黒目がちな大きな瞳を見開いた。

「ああ、卒論卒論卒論……」

呪詛《じゅそ》のように繰り返し呟きプルプルと震えていた。その様子がおかしかったのか、先輩はクスリと笑った。

「やはり面白い男だよ、君は」

ようやく垣間見えた先輩の笑顔は、乱れた世相を紫電一閃《しでんいっせん》切り裂き平安をもたらせるような凄まじい力を宿していた。少なくとも、僕の卒業に向けた漠然とした不安は、霧が晴れたように消し炭となって飛んで行った。

「先輩の笑った顔、久しぶりに見た気がします」

今度は僕の笑みがこぼれる。

「なに、本当か？　まあ、人前で白い歯を見せることは少ないだろうが」

僕の軽口を真面目に捉えるところがまた可愛らしい。僕は大きく頭を振った。

「違いますよ。そういう意味ではなくって。最近、先輩なんだかお疲れのようでしたから。ゆっくり休めているのかなあと思っておりました。何かあったのではないかと」

先日覚えた先輩への違和感。その直感をぶつけてみる。先輩は驚いたように口に手を当て、なにやら逡巡《しゅんじゅん》した挙げ句、今度は納得したように数度頷いた。嫣然《えんぜん》として僕を見る。

「なるほど、なるほど。畢竟《ひっきょう》、君はそれを言いに来たわけだな。最終レポート作成という割に一向にノートパソコンを取り出さないからおかしいと思った」

「いえ、そういうわけでは」

周章狼狽《しゅうしょうろうばい》したのは僕の方だ。軽率だったとはいえ、こうも簡単に魂胆を看破されては立つ瀬がない。しかし、目論見《もくろみ》を見破ったとて、先輩が僕を不審がることもなかった。

「嗅ぎつかれたのなら仕方ない」

先輩は溜息を一つ。「君なら大丈夫だな」

そう言うと、事の顚末《てんまつ》を語り始めた。

「君も知っての通り、私は今年、大阪の大学を卒業し、当大学修士課程に進学するべく鹿児島へとやって来た。無論、東京出身の私からすれば未知の地。周囲に頼れる人間もいなかった」

確かにその気持ちは分かる。僕も大学入学後、最初のオリエンテーションでは血眼になって既にできつつあったいくつかのグループに加入しようとあれこれ動きまわったものだった。院生ともなれば、学部生に比べ同期も少ないだろうし、当時の僕よりはるかに大きな不安があったはずだ。それに……。

「春先から色々な男が近寄って来て、さぞ驚かれたことでしょう」

先輩が入学してからの最初の一カ月。先輩を射止めようと多くの不埒千万な男子学生がアタックし、そして「清田家のかぐや姫」伝説の前に死屍累々《ししるいるい》の山を築いたのは記憶に新しい。屍《しかばね》の山を這《は》いあがった僕は、何とか生き残り、こうして先輩と会話することができている。

「まあな。ただ、それも一カ月ほどでなくなったよ。物珍しさ故の一過性のものだったのだろうと今では納得しているがな」

いや、先輩の高すぎる要求のためですよとは口が裂けても言えない。

「そんな私にも心許せる友人ができた。専攻こそ違えど、成実《なるみ》梓《あずさ》 修士一回生と意気投合したのだ」

成実梓？　聞いたことがない。馴染《なじ》みのない名前なので、おそらく国文系のコースに所属する先輩ではないのだろう。

「でも、同期で友人ができるというのは心強いですよね」

「そうだな。それに成実は県外からの進学ではなく、当大学の学士からの進級組だった。大学のことから知人関係、この地での過ごし方に至るまで、色々と世話を焼いてくれたので、とても感謝しているんだ」

なんか西牟田さんみたいな人だなと思った。僕も彼女にはレポート作りの補助から恋路の応援に至るまでたくさんの施しを受けたものである。彼女の世話焼きエピソードは枚挙にいとまがない。

「アルバイトに悩んでいたときも彼女の勧めでひとまずTAをやり始めた。教授にも顔が利くようになったしこれは本当に大きかったな」

ＴＡというのはティーチング・アシスタントの略で、要は講義のお手伝いをするアルバイトだ。助教や院生が担当する。ＴＡは一、二年生向けの講義で入ることがほとんどのため、現在三年生の僕が、清田先輩に色々とお手伝いしてもらうことは不可能というわけだ、こんちくしょう。

羨ましすぎる下級生へのあてどもない憤りに駆られる僕を尻目に、先輩は話を続ける。

「成実は学部生時代から学生団体に所属し、大学祭の運営にも携わるような奴《やつ》でな。今は学部生に団体の運営は任せているらしいのだが、アドバイザーとして未だに頼られることも多いようなんだ」

学生団体と言えば、花崎さんが所属する団体だ。やはり優秀な人材が集まるところは決まっているのだろうか。才能は群生する。

先輩は喉が渇いたのか、再びタンブラーを口に運んだ。なにを飲んでいるのだろう。やっぱり紅茶かしら。それともジャスミンティー？

そんなふわふわとした妄想をしていると急に現実に引き戻された。

「本題はここからだ。この夏、件《くだん》の学生団体がまた新たな企画を立てて計画を進めているそうだ」

「新たな企画？」

と言っても、前期試験を控えた今は七月。大々的なイベントを行う時期でもないし、夏季休暇に入れば、半数の学生は時期のズレこそあれ帰省することになる。足並み揃《そろ》えた企画など実現しそうにもないのだけれど。

「なんでも『浴衣登校ＤＡＹ』なるイベントを企画しているとのことだ。大学への登校が楽しみになるような一日を作りたいと、大学当局の許しを得て、七月第二週の月曜日、一日限定で、浴衣、甚平での登校を希望者で実施するらしい」

なんという華やかなイベントかしら。なんにせよ僕には縁遠い。しかし、それのどこが本題というのだろうか。

「先輩もそのイベントに一枚噛んでいるとかですか？」

先輩はゆるゆると首を振った。

「単に企画の運営の手伝いをしてくれというなら快く引き受けたさ。普段から世話になっている身なのだからな。ただな、成実の依頼は少し毛色が違ったんだ」

「一体、どんな依頼だったんですか？」

興味津々で僕は身を乗り出す。先輩は俯き加減で答えた。

「初の試みで企画倒れさせたくないとは成実の弁でな。是非、ＰＲがしたいとのこと。それで、だな。その……」

より一層、先輩の顔が下がる。

「その？」

「浴衣姿のモデルになってくれと言うんだよ、成実は」

それはなんと！　僕はまだ見ぬ成実先輩に盛大なる拍手を送りそうになった。清田先輩の浴衣姿。さぞ眼福に違いない。それを生で拝めた日には万歳三唱の嵐であろう。しかし、そんな僕の興奮をよそに先輩は顔を合わせてくれない。ははあん、なんとなく筋が読めてきた気がするぞ。先輩は続ける。

「数少ないこの地での友人であり、色々と助けられることの多い成実の頼みを無下にはできないが、多くの学生の前に自分の姿をさらすことは私の本意ではない。結局、『あいにくだが、人前で着物姿を見せる趣味はないんだ。着付けもできないし』と断ってしまったんだ」

疑問を感じたので素直に口にしてみる。

「先輩が負い目を感じることはないのではないですか？　友人からの依頼を断るのは心苦しいのでしょうが、元来目立ちたがり屋な性分ではないのですから」

「しかし、私はついうっかり着付けができないとまで言ってしまったんだぞ。嘘をついてしまったんだぞ？」

先輩が上目づかいで僕を見つめてくる。心臓を打ち抜かれるような衝撃が走ったが、どっこいこれは経験済みであるので何とか耐えた。

「確かに先輩は代々続く商家の生まれで、女系一家のご出身。花嫁修業を数々叩き込まれたのですから着物を着付けるなど造作もないこと。けれど、そこに負い目を感じることなんてやっぱりないと思います」

「ほ、本当か!?」

先輩の目が華やいだ。

「だって、先輩は角が立たぬようやんわりとお断りしたに過ぎないのです。事実とは多少異なる内容かもしれませんが、そこに悪意などありようもない。大丈夫ですよ、先輩」

「少し気が晴れた気がするよ。ありがとう、小金井三回生」

まだ本調子とは言い難かったけれど、清田先輩はそう言い残して研究室を後にしていった。閉められる扉。残ったのは僕一人。

僕は大きく息を吐いた。

清田先輩と深く関わるようになって分かったことが一つ。やはりそこは姉弟というべきか、夏輝が偏屈マッチョならば、清田先輩も少し変わっている。まあ、それも含めて彼女の魅力なのだけれど。

それよりも何よりも。先輩がほかならぬ僕に悩みを打ち明けてくれたという事実が何より嬉しかった。得も言われぬ心地よい高揚感に包まれたまま、小一時間呆けていた僕であった。

第二幕

進むべきか、迂回《うかい》すべきか。それが喫緊の懸案だった。

迂闊《うかつ》だったと後悔したのは、大学構内に足を踏み入れたときだった。思えば、本格的な夏の暑さを嫌い購入した愛用の自転車をかっ飛ばして通学しているときに気付くべきだったのだ。平日の昼間だというのに、浴衣姿の若者がやけに多いということに。

正門にデカデカと掲げられた「浴衣登校ＤＡＹ」なる横断幕を見たとき、あらゆる記憶が点と線で繋がり、僕は絶望的に頭を振った。

前期試験や最終課題の提出期限が迫り、構内の人口比率が増してきた七月中旬、月曜日。その日は学生団体が企画した例の企画「浴衣登校ＤＡＹ」の実施日だったのである。

清田先輩から話には聞いていたけれど、まさかここまで大々的に展開されていようとは。

清田先輩に依頼を断られたとはいえ、まだ見ぬ成実先輩のＰＲは、この結果を見れば大成功といって異論はないだろう。

夏の陽気が降り注ぐ構内に、次々に浴衣姿、甚平姿の学生が吸い込まれていく。まるでドレスコードでもあるみたいに、そこら中に風流な格好が目立つ。僕は全身のコーディネートを確認した。

桜島の火山灰対策のためいつも被《かぶ》っているキャップ、安定感あるTシャツにジーンズ。ザ・くたびれた大学三年生な格好に再びの溜息。全てが、この場の雰囲気とはミスマッチであった。

愛車を押す手にも力が入らない。しかし、講義開始の時間は待ってくれないし、進むしかない。おとなしく駐輪を済ませ、いざ講義棟へ。雑踏へと飛び込んだ。大丈夫、午前中の講義をこなせば、時間も経つ。浴衣と甚平の喧騒も、すぐになくなるはずさと思っていたのが間違いであった。

「げっ！」

午前中の講義を終え、腹を空《す》かせた僕は一路、学生食堂を目指していた。いつもなら夏輝宅でのんびり昼飯にありつきたいものであるが、あいにく、夏輝も僕も月曜日は一週間の始まりだと気合いを入れて講義を詰めていたのである。当然、空きコマはゼロ。一時間の休み時間ではさすがに夏輝宅で過ごすことは不可能なのだ。

構内のあちこちで記念写真を撮る学生の姿が目立つ。生協の脇にはテントが設置されており、「浴衣、甚平を着た学生にラムネ一本をサービスします」との看板が立っていた。もうここまでくれば、夏祭りの趣である。

なんだか肩身の狭い思いで歩を進める。学食前まで来て更に驚いた。

なんと学食の脇に特設ブースができているではないか！　見れば浴衣の着付け教室をやっているらしく、女子学生が列を為して順番待ちをしていた。

「ただ今、十五分待ちでーす！」

プラカードを持った学生団体の学生が揃いのポロシャツを着て集客している。中には花崎さんの姿もあった。講義で大変なはずなのにどこからその気力が湧いてくるというのだろうか。アイアンウーマン恐るべし。

「ほら、見てよ。あれ『さっつん』だよ」

耳元で囁くような声がしたので、反射的に振り返ってぎょっとした。

「おわ!? なんだよビックリさせないでよ！」

「冗談だろ、君が勝手に驚いただけじゃないか」

背後には、ケラケラと笑う一人の男子学生が立っていた。精気なく猫背でたたずみ、大きなクマをこしらえた眼《め》でこちらを見つめてくる姿は妖怪然としている。

「まあ、でも安心したよ。君が平常運転でさ」

男は周囲の喧騒をねめまわすと肩をすくめた。

二木《ふたき》武明《たけあき》。オカルト研究会に所属する文学部の同級生。その容姿から下級生の間では「文学部棟のぬらりひょん様」と畏怖の念を抱かれている変わり者である。

二木くんは「浴衣登校DAY」なぞなんのその。普段通りを徹頭徹尾貫いていた。だぼついた服とヨレヨレのジーンズ姿は今日この日にあってはむしろ清々《すがすが》しいほどに潔かった。

「仲間に会えたよ、心強い」

なにはともあれ、旅は道連れである。僕が手を差し出すと、二木くんもそれを握り返してきた。肩身の狭い思いをしていたところに、同じく肩身の狭い、というか肩幅の狭い二木くんと邂逅《かいこう》したことは僥倖《ぎょうこう》と言えた。

「部室に泊まって朝起きたらこれだもんな。まったく参っちゃうよ」

二木くんは怪異研究に没頭するため、旧サークル棟の部室に夜通し籠っているのが常だった。

「ということは君も今日が開催だって知らなかったんだね」

「知らないよ。広報用の掲示板なんて見ないし、なんでもこれSNSで拡散して告知していたみたいだよ。知る由もないよね」

時代と逆行するオカルト道を行く二木くんだ。ソーシャルメディアに興味を示さないのはさもありなんである。

「そういえば、さっき言ってたのって何？　ほら『さっつん』だとか何とか」

「ああ、それね」

二木くんは人だかりの一画を指さした。その方向に視線を向けると、そこには何やら可愛らしい着ぐるみが愛嬌《あいきょう》を振りまいていた。

「あれがウチの大学の公式ゆるキャラ『さっつん』さ」

知らなかった、ウチの大学が昨今のゆるキャラブームに乗っていただなんて。おそらくシロクマを模したのだろう丸っこいフォルムのキャラクターが紋付き袴《はかま》を着て手を振っている。

「薩摩の偉人をイメージした袴に南国氷菓の象徴『氷白熊』。そして、頭頂部には桜《さくら》島《じま》を模した冠が載っているんだ」

「やけに詳しいね、あの着ぐるみのデザインにもちゃんと意味があったんだ」

「野暮なこと言うなよ、小金井くん。あのゆるキャラは、着ぐるみなんかじゃなくてシロクマの妖精だよ？」

二木くんが真剣な表情で忠告してきた。いやはや、確かに夢を奪うのは野暮以外のなにものでもない。

「こりゃ失敬」

「あのゆるキャラを広告塔にして我が『オカルト研究会』の部員を勧誘できないかと躍起になった時期があってね。当然、大学当局の使用許可は下りなかったけどさ」

「いちサークルのＰＲに広報が使わせるわけないだろ！」

思わず突っ込んでしまった。しかし、そうか。そういえば、オカルト研究会は公式サークルだったな。サークル費および部室の死守のために手段を選ばないのは当然だろう。

我が大学はサークルの開設が自由で、申請書類さえ提出すれば誰でも新設が可能になっている。それゆえにその総数も年々増える一方なのであるが、それら諸サークル群の中には明確なヒエラルキーが存在する。各サークルは厳格に正規サークル、準サークル、非公式サークルと番付が割り振られ、正規サークルにはサークル費全額およびサークル棟の部室が与えられる。準サークルは一部費用の援助のみ。非公式サークルに至っては、それら全てが付与されない。無垢《むく》な新入生を拐《かどわ》かそうと、あの手この手を使った上級生らによる勧誘合戦が展開された春先の光景は記憶に新しい。

立ち話もほどほどに僕たちは先ほどまでよりは力強く歩を進めた。食堂にできた列の最後尾に陣取る。

「ねえ、小金井くん。あの噂《うわさ》聞いた？」

ニヤニヤしながら二木くんが耳打ちをしてきた。こういうとき、大抵彼の持ってくる話は人を怖がらせる怪談話だと相場が決まっている。普段なら相手にしない僕だけど、今日はあいにくの猛暑日。少しでも涼まりたいと思ったところなので、珍しく話に乗ってみる。

「噂？　ゴシップなら興味ないよ」

「違うよ、小金井くん」

二木くんはやけに芝居がかった口調で首を振った。

「さっき耳にしたんだけどね。どうも今日出たらしいんだよ」

既に二木くんは怪談モード全開。おどろおどろしく語りかけてくる。

「出たって何が？」

怖いもの見たさからくる期待感からその先をせっつく。どんなに怖い話が飛んでこようが幸い昼間だ。眠れなくなるなんて実害はないだろう。

「なんでも講義の至るところに謎の美人学生が出没しているっていうんだよ」

「謎の美人学生？　おいおい二木くん。僕は君のことだから夏にぴったりな怪談でも用意してるのかと思ったんだけど」

あからさまにがっかりする僕に二木くんは余裕綽々《よゆうしやくしやく》、指を振る。

「おかしいとは思わないかい？　各講義に〝謎〟の美人学生だよ？　これが春先のことなら納得だが、今は前期も終わりに近い時期。さすがに講義に出てる学生の顔くらい把握しているはずだろう？」

「た、確かに」

僕は咽喉《のど》をゴクリと鳴らす。

「不自然じゃないか。それに本当に美人だっていうなら、それこそ春先に噂が席巻《せつけん》してしかるべきだ。今、このタイミングなんておかしいでしょう」

もっともらしく二木くんが詰めてくる。

「お、おおかたこの構内のお祭り騒ぎが生み出した幻想でしょうよ、おそらく」

そう言って苦笑してみたものの。しかし、二木くんの言い分も一理ありだ。例えば、入学早々、清田先輩の尻を追いかける不埒な輩が跳梁跋扈したように、美人の噂は光の速さで広い構内を駆け巡るはずだ。

ううん、これはいよいよもって分からなくなってきたぞ。列の最後尾で一人頭をひねっていると後ろからまたしても声を掛けられた。

「面白そうな話してるじゃねえか」

振り返ると、この場にもっとも相応《ふさわ》しい男がいた。謎あるところにこの男あり。清田夏輝のご登場である。

「ご無沙汰だね、夏輝くん。元気にしてたかい？　相変わらず巣ごもり生活なんだろ？」

「武明、お前にだけは健康を気遣ってもらいたくねえもんだな」

このいがみ合いもなんだか久しぶりな気がする。オカルト好きの二木くんと、科学的根拠のない迷信を嫌う夏輝は、まさに水と油。話せばすぐに言い争いが始まってしまう。まあ、二人の間柄は犬猿の仲というよりも良き喧嘩《けんか》相手といったところだろうけれど。

夏輝もやはりというべきか、お決まりのタンクトップにシャツを合わせたスタイルで登校していた。イベントごとに無関心のスリートップが手を組めば、もう怖いものなどなにもない。

「僕は妖怪学という学問を探究しているんだ。多少生活が乱れるのは致し方ないことだろう？」

「妖怪、妖怪ってお前なあ。さんざん論破されてまだ言い張るのかよ。懲りない奴だ」

言い合いする二人の口を手で塞ぐ。なにやら二人ともふごふご言っているけれど無視無視。大衆の目がある中での口喧嘩はみっともないのでやめていただきたい。その代わり、名案を思いついたので提案してみる。

「ねえ二人とも。久々に話し合いの場を設けようか。実は二木くんがまた怪異譚《かいいたん》をもってきたんだ。夏輝、君の意見を酒でも交えながら是非ともお聞かせ願いたいものなんだけど」

「乗った!!」

夏輝、二木くん両名が食い気味に叫んだ。よしよし、今日の夜の予定が決まったぞ。

二人の言い合いを見ながら嗜《たしな》む酒はまた格別の感がある。今宵の楽しみが増えたので、午後のしんどい講義も乗り切れそうだ。

どんな謎であったって、夏輝が解決してくれるはずだから。そう思っていたのだけれど。

この噂話の真相は思わぬ形で、実体をもって現れた。

「やけに騒がしいな」

夏輝が聞き耳をたてた。背後の人だかりのざわつきが次第に大きくなっていくのが感じられたのだ。一向にやむ気配がない。

「おーい、こっち向いてよー!」

彼方《かなた》から声が聞こえる。透き通ったような女性の声だ。こちらに確実に近づいてきている。

「なんだ、なんだ?」

二木くんも状況が読めないのか、瞳を左右にぎょろつかせている。

「こっちだってばー!」

瞬間、人だかりがモーセの十戒の一シーンのごとく割れ、声の主が姿を現した。

「げっ!!」

夏輝が滅多に出さない呻《うめ》き声を上げる。そこにいたのは、一人の女性だった。二重まぶたがはっきりとしており、鼻筋は高く整っている。黒のトップスからは真っ白な細い腕が伸び、Aラインスカートがよく似合っている。ダークブラウンの長髪は後ろで一つに結び、まるでファッション誌からそのまま飛び出してきたような人だった。

「おいおい、なんだよあの美人。夏輝くん、知り合いかい?」

明らかに女性はこちらに視線を合わせてぶんぶん手を振っている。

「隠せ、お前ら！」

言うが早いか、夏輝は太い腕で僕と二木くんを掴むと、なんと盾にして彼女の視界から隠れようとした。けれど、それはどだい不可能な話だ。同級生には三日にあげず痩せぎすだと言われる僕と、ストイック且つ不健康な怪異研究生活が祟《たた》ってぜい肉の削《そ》げ落ちたスレンダー二木くんとでは、夏輝の巨軀《きょく》を覆い隠せるべくもない。

「夏輝！　こら、何を照れているのよ！」

女性はずんずんと近づいてくる。男子学生たちの人だかりからは口々に女性の正体を憶測するざわめきが起こっていた。夏輝の名前を知っているということは知人なのだろう。どうして夏輝は隠れる。まさか、痴情のもつれとか？

「南無三《なむさん》！」

夏輝が胴間声を上げた。

「おい、夏輝！　まさか君がそんなことを！」

僕が夏輝を問いただそうとした、次の瞬間だった。

「なにをしてるんだ！」

聞きなれた声がした。群がる男子学生たちが、声のした方向を向き、ぎょっとしたような声を上げると、群衆は再び出エジプト記よろしく一本の道を作った。視線の先には思った通り、清田先輩がいた。白を基調にしたニットとテーパードパンツのワントーンに上からジャケットを羽織っている。今日の先輩はいつになく大人びて見えた。

しかし、どうしたのだろうか。いつも優雅に鷹揚《おうよう》に構え、楚々とした雰囲気の彼女だが、今日はどこか慌てている様子。気のせいかもしれないけれど、息も上がっているように見える。

夏輝と清田先輩を交互に見つめ、やってしまったとばかり頭を掻く謎の女性。

「ねえ、夏輝。状況を説明してくれるかな?」

さっぱり分からないカオスな眼前の光景への回答を求めた。

「姉貴だよ、姉貴。清田家三姉妹の次女、清田秋音《あきの》」

◇

ひとまず奥の長机に陣取り、腹を空かせた男子学生三人は各々定食を注文しエネルギー補給をする。通り過ぎるたび、好奇の視線が突き刺さり、食事が思うように喉を通らない。

しかし、このテーブルが色々な意味で注目を集めるのは無理からぬ話であった。

学内でも上位に君臨する美貌を誇る清田先輩に、今日一日「謎の美人学生」として噂を流布せしめた張本人の清田秋音さん。鋭い双眸にゴツすぎる二の腕を備えた清田夏輝。そして妖怪然とした雰囲気の二木くんに、平々凡々を絵に描いたような僕、小金井晴太。見れば見るほどにアンバランスで、そこに統一感は皆無だ。

早々と食事を片付けて、横に座る清田先輩に耳打ちしてみた。

「先輩のお姉さまはいつからこちらに？」

清田先輩は眉根を寄せて、なんだか参った様子で、

「昨日からやって来て、うちをホテル代わりに滞在しているんだ」

と言った。聞けば、突然、「仕事でまとまった休暇がとれたから、鹿児島に旅行することになった。案内してほしい」という旨のメールが届き、昨日は色々と鹿児島観光に付き合わされたのだそうだ。

「楽しかったよね、小春！」

疲労困憊《こんぱい》気味の先輩とは対照的に秋音さんはどこか飄々《ひょうひょう》としている。

「また、小春を半ば強引に連れまわしたんだろ」

弟の夏輝も呆《あき》れ気味に腕組みして息をつく。二木くんが興味深げに割って入った。

「どちらを観光されたんですか？」

「入来麓《いりきふもと》武家屋敷群ね。前々から興味があったのよ。行ってみてまさに我が意を得たり！　まるで時代劇のセットの中を歩いているかのような非日常体験！　素晴らしかっ

たわ」

秋音さんは手を打ち、賛美した。

「薩摩川内《さつませんだい》まで出られてたんですね」

清田先輩にだけ聞こえるように小声で問いかける。

「ああ、まったく参ったよ。秋音は生来のお嬢様気質というか、無自覚に人を巻き込み振り回してしまう悪癖がある。今回も大掛かりな荷物を持参して我が家の生活スペースを圧迫したり、この夏の暑い日に『雰囲気を出したい』と武家屋敷を一緒に着物で歩かされたりと散々な休日だったよ」

美人姉妹が着物で闊歩。なんと見事な一枚絵だろうか。

「欲しいです！」

「ん？　何をだ？」

先輩はアーモンド形の大きな瞳を僕に向け、不思議そうにしている。まずい、久しぶりに傾慕の鬼が顔を出してしまった。いかんいかんと咳払いする。

「三女も大変ですね」

無難な回答でごまかした。

「しかし、ここもいい学校だよねえ。講義室は広いし、授業数は多いし」

秋音さんが思い切り伸びをする。夏輝は終始呆れっぱなしで次女と話を続けていた。

「見学のつもりだったのかもしれねえが、お前がむやみやたらに色々な講義を覗きに行くもんだから話題になってんだぞ。あの学生は何者だって」

秋音さんは弟の忠告も意に介さず、丸めた人差し指の背中を唇に当て、くすくすと愉快そうに笑っている。

「あら、学生として見られるなんて私もまだまだ捨てたものじゃないわね」

「そういう問題じゃねえよ！」

「浴衣登校ＤＡＹだっけ？　こういうお祭りみたいなイベントもあるみたいだし、楽しそうな学校よね。あれ、でも夏輝。なんであなたは甚平を着てないの？　もったいないじゃないの」

「話を聞けって！」

「あのー、お二人はいつもこんな感じで？」

「うるせえよ、武明！」

なぜか、二木くんが怒鳴られた。

「でも、良かったわ」

秋音さんは、夏輝の剣幕を平然と受け流し、微笑をたたえたまま、ぐるり僕らの顔を見回した。ふとしたときに溢れる気品は、さすがに清田家の血筋である。

「二人とも鹿児島でどんな様子かと思ってたんだけど、これだけ素敵なお友達に囲まれているのなら一安心ね」

それから二木くんと僕にぺこりとお辞儀をした。

「これからも二人をよろしくね」

急に改まった対応をされたので、なんだか照れくさい。二木くんと顔を見合わせ、目をぱちくりとさせた。

しかし、どうやら秋音さんの本音はこっちらしい。観光はほんの建前で、東京から遠く離れた地で二人がどのように過ごしているのか様子を見に来たというのが今回の急な鹿児島遠征の主目的なのだろう。そう考えると、この人も多少浮世離れしてはいるけれど、話の通じる相手だということが分かる。

「姉さん、悪いけどこれから皆、講義なんだ。鍵は渡しておくから先に家に戻っていてくれないか？」

ここだと思ったのか、清田先輩が切り出す。講義開始まであと二十分。随分、ゆっくり話し込んでしまったようだ。皆一様に席を立つ。長い長い月曜日の講義も残すところはあと二コマ。頑張るぞ、と勢い込んだところで何やらきょろきょろと辺りを見回す一人の学生が僕らの前に姿を現した。食堂にもかかわらず、トレイも持たず、ただ歩き回るのみ。

すらりと背の高い爽やかな青年で、白サマーニットにデニムは夏のド定番といった趣で、いかにも流行に敏感な下級生という印象である。知性を感じさせる縁の細い眼鏡の奥の瞳は柔らかで、相当モテると推察される。

というか、僕はこの男を知っていた。

「岸本《きしもと》くん！　どうしたの？」

「あ、小金井先輩！　それにみなさんお揃いで！」

可愛い後輩は今日も礼儀正しく深々とお辞儀をしたのだった。

◇

「岸本大輔《だいすけ》くん。獣医学部の一年生で、夏輝の家で食事会をするときのメンバーの一人なんです」

初対面につき、手短に秋音さんにプロフィールを紹介する。

「いつも弟と妹がお世話になっています」

「いえ、こちらこそ。夏輝先輩にはお世話になりっぱなしで」

二人の間で固い握手が交わされた。

さすがに大人数でこれ以上、学食にたむろするのも悪いので、外のテラスに移動していた。目の前には農学部所有の雄大な畑が広がり、風にのって流れてくる土の香りが鼻をつく。

「しかし、岸本くん。君は何しに学食へ？」

一向に食事をする気配のなかった後輩へ、二木くんが問いかける。岸本くんははっとしたような表情をつくると、小脇に抱えていた参考書を僕らに見せた。

「これなんですけど」

分厚い専門書のようだった。『比較解剖学』なる見出しが表紙に躍っている。なるほど、授業で使うものなのだろう。

「でも、これがどう学食と関係あるのさ？」

おおよそ二木くんへの回答にはなっていないようだったので、更に僕が問いを重ねる。

岸本くんは困ったように、眉毛をハの字にして嘆息した。

「実は、これ友人のものなんです。先ほどの講義でシェアして使っていたのですが、うっかりその場で返しそびれてしまって。気付いてすぐに追いかけたんですが……」

夏輝の鼻がぴくりと動いた。なにも、これは畑から香ってきた堆肥の匂いに反応してのモノでもないのだろう。

「面白そうな話だ。詳しく聞かせてみろ」

岸本くんは首肯した。

「幸い、友人も浴衣登校ＤＡＹには無頓着でして、私服でした。普段なら人ごみに紛れてしまえば、どこにいるのか分からなくなるものですが、今日は違います。構内には判で押したような浴衣と甚平が溢れている。逆に私服は浮くので、友人はすぐに見つかりました」

僕は皆の格好を見やった。誰一人として大衆に迎合しない我々は、なかなかどうして珍しい集団なのかもしれない。

「それでそれで？」

二木くんも興味津々である。

「友人は学食の方へ向かっていたので、僕も後を追いました。しかし、一瞬目を離した隙に、友人の姿が忽然《こつぜん》と消えたのです。メインストリートは人で溢れかえっていますから、そうそう素早く動くことなどできないはずなのに！」

「学食脇の生協か、はたまたトイレにでも行ったんじゃないの？」

僕が呑気に聞いてみると、岸本くんはなにやら神妙な面持ちで眉をひそめた。

「思いつく場所は全てあたりましたよ。トイレにも生協にも、どこにも姿はなかった。もちろん学食の中にも。本当にあっという間に姿を消したんです」

「か、神隠しだ！」

興奮気味に二木くんがまくし立てた。この手の話は、彼の大好物である。まあ、なんにせよ、もう講義まで時間がない。となれば、この後、僕たちがやるべき行動は決まったようなものだ。

「決まったな。晴太、武明、大輔！　今日は我が家で宅飲みだ。酒の肴は『大輔の目撃した同級生神隠しの謎』で決まりだな！」

「了解！」

トントン拍子に進む話についていけず呆気にとられた様子の清田先輩。まずい、まずい。つい、内輪のノリで楽しんでしまった。声を掛けようとしたその時だった。

「とっても楽しそうな話じゃない！」

沈黙を貫いてきた秋音さんが大外からまくってきた。夏輝の顔には「しまった」という文字がはっきりと浮かんでいる。

「その宅飲みとやら。私も交ぜてちょうだいな。夕方、小春と一緒にお邪魔するわね」

「待ってくれ、なぜ私も！」

清田先輩が待ったをかけ、

「なに勝手なことを！」

夏輝が諫《いさ》めようとしたが、時既に遅し。秋音さんは、くるりと踵《きびす》を返し、手をひらひらとさせている。

「まあ、そういうことだから。たまにはお姉ちゃんを立てるもんだよ」

「随分と豪快な方ですね……」

茫然自失の弟と妹に声を掛ける。二木くんが慰めるように夏輝の右肩をポンと叩いた。

◇

同日、午後五時。行きつけのスーパーにて、僕はメモ帳片手に彷徨《さまよ》っていた。宅飲み時、夏輝から買い物リストが書かれたメモと食材費、そして車の鍵を渡される。何十度目かの食材調達で、すっかり慣れたものである。

「お、また来たね小金井くん！　いつも悪いね」

南国訛《なま》りの強い木佐貫《きさぬき》さんが声を掛けてきた。ここの社員さんである。岸本くんや西牟田さんもバイトとして働いているこのスーパーは、ある事件をきっかけにすっかり馴染みの店になっていた。

「相も変わらず、夏輝のお使いですよ。なんとか言ってやってください、木佐貫さん」

「いや、参ったな。お得意さんに注文なんかつけられないよ」

木佐貫さんは短髪をばりばりと掻きむしり、太い眉毛をハの字にした。人情味溢れるいい人である。

世間話もほどほどにメモ帳に目を落とす。ええと、なになに。

【不足食材リスト】

ギアラ
牛モツ（生）
焼き豆腐
ニラ
キャベツ
にんにく
鶏肉（もも）
青じそ
れんこん
和からし
鶏ガラ
鶏ささみ
奈良漬け（ウリ）
ゆず
干し椎茸《しいたけ》
ブリ（ハマチかカンパチでも可）

……etc.

なにやら今日も見慣れない食材が書き表されている。ギアラってなんだ。そんな動物、少なくとも平川《ひらかわ》動物公園には飼育されていないし、いおワールドかごしま水族館の海洋生物でもないだろう。ガメラと戦った怪獣にそんな奴がいた気がするが、大怪獣の塊肉がスーパーで量り売りされるなど、行き過ぎたギャグである。

夏輝は当たり前のように専門的な言葉で材料を書いてくるため、男子厨房に立たずを標榜《ひょうぼう》する僕は、買い物のたびに難儀することになる。今日は西牟田さんも岸本くんもいないし、とりあえず手近な店員を頼るしかなさそうだ。

集合時間は午後七時と皆には伝えている。夏輝曰《いわ》く、ちょっと準備に時間がかかるものもあるので、なるべく早くから仕込んでおきたいとのことで、あまり悠長に過ごしてはいられない。

僕はだだっ広い店内を駆け巡り、時間にして十五分で買い物を済ませることに成功した。最後まで疑問だったギアラは怪獣ではなく、牛の胃袋。ウリは猪《いのしし》ではなく野菜だった。また一つ賢くなった気がする。

しかし、夏輝はこれらをどのような料理に変身させるのだろう。これぱっかりは料理が運ばれるその瞬間まで分かったためしがない。

◇

定刻通り七時に全員集合の運びとなった。夏輝に清田先輩、秋音さん、二木くんと岸本くんに僕。これだけ揃っての宅飲みなんて、それこそ清田先輩を初めて夏輝宅に招き入れた時以来である。

「夏輝先輩、この人数じゃ収まりきらないでしょう！」

どこまでも気の利く岸本くんが自宅から折り畳みのテーブルを持ち込んだので、割にゆったりくつろぐことができた。

「なになに、夏輝。あんた筋トレなんて趣味じゃなかったでしょ？　やけに身体が大きくなったと思ったら、なんだそういうこと」

秋音さんは、弟の一人暮らしの部屋がよほど珍しかったのか、部屋の隅にきっちりと並べられた筋トレ用具一式を興味深そうに覗き込んでいる。

「なんで社会人のお前が一番落ち着きねえんだよ。おら、できたぞ。飯にしようぜ」

「はーいはい、ごめんね。今行きますよっと」

誰よりも遅れて秋音さんが着席した。

今日も数々の美味そうな料理が湯気を立てている。中央に配された土鍋。なにやらグツグツと滾《たぎ》る音がする。ゴクリ。皆の視線が一様に注がれる。

「どうぞ、召し上がれ」

夏輝が蓋をとれば、たちまち蒸気が辺りを包み込み、瞬間視野を奪われる。香り高い靄《もや》の中から現れたのは、黄金色のスープに滾る種々の具材たち。

「ほう、夏にもつ鍋とはまたオツなものだな」

清田先輩が独りごちた。

「やったー！　もつ鍋だ！」

鏤《ちりば》められた輪切りにんにく。ニラの絨毯《じゅうたん》に映えるは鷹《たか》の爪の赤色。プルプルのもつが今が食べごろとばかり、光沢を放っている。なんとも懐かしい郷土の味である。

「これはまた垂涎《すいぜん》ものだよ」

万年栄養不足男の二木くんの腹が豪快な調べを奏でた。

全員分を岸本くんがよそったところで準備完了である。

「いただきます」

六人が合掌し、宴の開演である。さっそく、ビール缶を開けたのは夏輝と秋音さん。さすがは姉弟と言うべきか、プルトップを引き、ビールを流し込み、声を漏らす所作の全てがリンクしていた。実に美味そうに飲むもんだ。

僕はビールに手を付ける前にもつを一口ぱくり。プルプルのもつは煮込みすぎず、早すぎず、ちょうどいい火の入りで、歯を入れるとじゅわりと濃厚な油分が旨味《うまみ》とともに口いっぱいに広がる。脂身には旨味とともにほのかな甘味もあり、まったくくどさを感じない。これだ、これが本場博多の味！

「美味すぎる、美味すぎるよ、夏輝！」

僕は感動のあまり、しつこいくらいに繰り返す。夏輝は満足げにビールを呷っている。腹を空かせた食欲の化身、岸本くんはソフトドリンクには目もくれず、ガツガツともつを平らげ、二木くんも舌を火傷《やけど》するのではないかという勢いで、スープごと具材を掻き込んでいる。

それだけで、この鍋が絶品であることの証明になっていた。

「夏輝、腕を上げたな。スーパーで買ったもつだというのにまったく臭みがない」

嫋《たお》やかに一口、もつを食べ清田先輩は感想を述べた。素直な賞賛だろう。夏輝は全員の感想を一挙に受け付けた後、本当に嬉しそうに呵々《かか》大笑した。

「そうだろ、そうだろ。何と言っても、もつの下処理は上曽山さんの直伝だからな。湯通ししたときに出る脂をとりすぎてもいけないし、残しすぎると臭みの元になる。この塩梅《あんばい》が案外、難しいんだな」

夏輝の料理を更にグレードアップさせた和食の師、ミチエさんに感謝の合掌。

「そういえば、夏輝先輩の宅飲みで和食が並ぶって結構珍しいことじゃないですか？」

満杯のとんすいを三度空にしてから、思い出したように岸本くんが口を開く。

「まあ、そうだろう。最近、勉強し始めたからな。まだまだ姉貴たちの腕にはかなわないがな」

「よく分かってるじゃないの、夏輝」

秋音さんがビール片手に肯定した。

「謙遜するなよ、夏輝。現にお前の腕は確かなものだぞ。実家にいたときとは大違いで正直驚いているよ」

一方、清田先輩は下手に出る。姉妹でこうも反応が違うとは。

「鍋に飽きたら、他にも箸休めを用意してあるから、どんどん食ってくれ。今日は、食卓を九州の郷土料理でまとめてみたんだ」

「これはゴマサバかい？」

小皿に盛られた刺身を二木くんが指す。確かに福岡の郷土料理ゴマサバによく似ているが、今日のリストにサバの名前はなかった。

「よく似てるがな。そいつは大分の郷土料理『りゅうきゅう』だ。要はブリの漬けだよ。焼酎に合うぞ」

各々の箸が伸びる。咀嚼するごとに、魚の旨味が濃厚に溶けだしてくる。ゴマサバによく似ているけれど、素材の違いだろうか、よりこってりとした仕上がりになっている。

ついつい芋焼酎に手が伸びる。

「これは、ごはんが欲しくなる味ですね！」

岸本くんだ。確かにおかずにもなる味だ。

「ねえねえ、夏輝。これはなんて食べ物？」

秋音さんが指さしたのは、レンコンだ。ただのレンコンではない。穴という穴に和からしが練り込まれている。

「そりゃ、熊本の名産の『からしレンコン』だよ」

「え！　これ、全部からしなの？」

秋音さんが叫んだ。

「ちょっと勇気がいる食べ物だね、これは」

それを聞き、物怖《ものお》じする二木くん。誰も手を付けようとしない中、清田先輩が手を伸ばす。

「うん、美味しいな。鼻に抜けるからしの風味が癖になる」

僕も続く。れんこん特有のしゃきしゃきとした食感を堪能《たんのう》しているところへ遅れて抜けてくるツンとしたからしの辛み。なるほど確かに癖になる。

「うん、こりゃいいつまみになるね」

焼酎が進みそうな味だ。

「お、お二人ともよく平気ですね」

ハトが豆鉄砲を食ったような顔で岸本くんが目を丸くしている。

「お前らなあ、罰ゲームじゃねえんだから、れんこんにただのからしをコーティングするわけねえだろうが。穴に詰めてんのは、特製からし味噌だよ」

僕は思わず吹き出した。

美味い飯に美味い酒。そして、これだけ人が集まれば、話題は尽きない。自然と頬は緩んでいき、ぽかぽかと上気していく。月曜日から酒に酔えることのなんと贅沢《ぜいたく》なるかな。

しかし、今日も今日とて夏輝はハイピッチで杯を重ねていく。いつのまにやら、芋焼酎に切り替えて、驚異的なペースでロックを呷り続けている。

「いやあ、やはり芋にはこってりした漬けが合う！」

りゅうきゅうをつまみに飲んでいる様子だ。こいつもただのザルからいっぱしの酒飲みになれたのかしら。まあ、こいつのことだ。いくら飲んだってなんの心配もない。

「夏輝、なかなかやれる口じゃん」

むしろ心配なのは夏輝に付き合って芋焼酎を呷る秋音さんだ。大丈夫なんだろうか。

「姉さん、それくらいにしてはどうだ。夏輝の学友の前で……」

たしなめる清田先輩の肩に秋音さんは手を回す。

「いいじゃないのよ、たまにはさ。でっかい案件を終わらせてきたんだから、そのお祝いも兼ねたいってわけよ」

「仕事は順調なのかよ、姉貴」

「失礼ですが、秋音さんはどういったご職業で？」

そういえば、ファーストコンタクトの衝撃からか、秋音さんのプロフィールを聞く機会を完全に逸してしまっていた。あっけらかんと秋音さんは答えた。

「広告代理店よ」

「激務じゃないですか」

「そりゃキツいはキツいけど、そんなの、どの仕事にだって言えることよ。要は誇りをもって生きられるかが大事なわけよ」

将来か。就職先はおろか卒論の内容さえ未知数な僕にとっては身に染みる言葉だ。秋音さんは勢いよく芋焼酎を呷った。

「働かざる者、食うべからずってね。生きて、こうやって好きなことするために働いてるのよ、私はね」

夏輝は目を伏せた。何か思うところがあるのだろうか。秋音さんは続ける。

「なあ、夏輝。母さんも心配してるからさ。夏休みには実家に顔出しなさいよ」

「ね、姉さん。しかし、それは……」

清田先輩が言いかけた口を噤む。

夏輝と清田家との間には確執がある。父親との間に入っていた亀裂は徐々に元に戻りつつあるようだけれど、結局、夏輝はまだ一度も東京の実家に戻っていない。その辺の心配も秋音さんはしているのだろう。

「考えておく」

夏輝は静かに、呟くようにそう答えた。

事情の呑み込めない二木くんと岸本くんは箸を止めてきょとんとしている。空気が停滞したのを悟ったのか、秋音さんは、

「二木くんって言った？　全然グラス減ってないわよ！　ほら、こっちに持って来なさい」

無理におどけて見せた。自分のせいでこの場が盛り下がるのは申し訳ないと思ったらしい。しかし、その代償は大きかったようで……。

「もうダメ！　限界だあ！」

突如、秋音さんが床に大の字になった。頬を真っ赤に染め上げて、極楽浄土を見ているかのように弛緩《しかん》した表情でへらへらと笑っている。完全に出来上がっている様子だ。

「ちょっと姉さん、だらしない。なにをやってるんだ！」

清田先輩が身体をゆするも時既に遅し。こうなってしまった後じゃ、どうしようも

ない。

「ったく、柄にもなくはしゃぐからこうなるんだよ」

夏輝は秋音さんを敷布団へと連行すると上から毛布を掛けた。ほどなく毛布の中から寝息が聞こえてきた。

「姉が迷惑をかけた」

陳謝する清田先輩。

「なんで小春が謝るんだよ。秋音がだらしないせいだろ」

居直る夏輝。

机上の料理はあらかた平らげられており、宴会ムードはとうに過ぎてしまっている。あれ？　僕らはなんでここにいるんだっけ。

「すっかり間延びしちまったが、本題に入ろうか」

そうだ、そうだ。今日はまだ謎が解明されていない。岸本くんが体験した同級生神隠しの真相である。気になったことがあるので、岸本くんに水を向ける。

「そういえば、その忽然と姿を消したお友達とは連絡は取れたの？」

「まさか本当に行方知れずのままなんてことはないだろう」

さらりと恐ろしいことを言い、二木くんが同調してきた。岸本くんの返答は早かった。

「はい、あの後、連絡が取れたので、夕方、浴衣登校ＤＡＹのイベントが終わって落ち着いた頃に落ち合いました。また人ごみで見失うのは御免でしたからね」

「まあ、そりゃそうだろうな」

令和のこの世に、額面通りの白昼堂々の神隠しなんて起こるわけもない。そう思ったのだけど。岸本くんはなにやら怪訝な表情である。

「でも、やっぱりちょっと変なんですよ。参考書を返したときに試しに聞いてみたんです。あの後、すぐ追いかけたんだけど、見つからなかった。一体、どこにいたんだって」

「そしたら？」

不穏な空気を察知したのか、いち早く二木くんが反応する。夜も深まってきた。彼にとってみれば絶好調の時間帯である。

「それが、友人は明らかに狼狽し、挙措を失ってしどろもどろになったんです」

「そんな、まさか」

清田先輩が眉根を寄せる。

「なにを問うてみても摑みどころのない曖昧な返事ばかりで、はぐらかし続けるんです。まるで、何が起こったのかを説明できないみたいに。埒があかなくて、結局そのまま夏輝さんの家を目指しました」

僕は小首を傾げる。一体、その友人の身に何が起こったのだろうか。何か岸本くんに言えないようなやましいことでもあるのだろうか。しかし、友人が姿を消したのは、岸本くんが目を離したほんの一瞬のこと。隠れる場所も時間も限られていた。

夏輝の鋭い視線が岸本くんに飛ぶ。

「大輔、一応聞いておくがその友人ってのは女か、男か」

岸本くんは即応する。

「男です。獣医学部の同級生です」

「そりゃそうだ、トイレも調べたって岸本くんは言ってたはずだもんね」

しかし、なぜそんなことを聞くのだろう。

「女子学生なら、浴衣の着付け教室の開かれていた特設ブースの中へと逃げ込める。そう考えたんじゃないか？」

清田先輩が夏輝の思考を読んでいるみたいに答えた。夏輝は軽く頷くと、

「そうだ、そのセンが一瞬よぎった。着付け教室なんだから、ブース内は男子禁制のはず。裏を返せば大輔が絶対に調べられない場所だと思ったんだが……」

「それは女子トイレだって同じだ」

二木くんが後を受けた。

「その友達が甚平姿ではなかった以上、木を隠すなら森の中ってわけにもいかないしね」

僕は瞬《まばた》きを繰り返した。学食周辺を思い浮かべる。メインストリートに面した学食は、

脇に大学生協の売店が併設されている。売店の出入口は一カ所のみで、中にトイレはない。その二階には学生証再発行時などに行く事務所があるのだが、ここに隠れていた可能性はないだろうか。

「生協の二階は覗いてみた？」

岸本くんは首肯する。

「階段の踊り場に人影はありませんでしたし、そもそも中から鍵が閉まっていました。浴衣登校ＤＡＹのイベントで駆り出されていたのかもしれません」

閃《ひらめ》いた！

「じゃ、じゃあその中にきっといたんだよ、彼が！」

聞き終わるや、夏輝が大きな溜息をついた。

「お前なあ、それじゃ動機がさっぱり見えんだろ。用事があったのなら誰もいないと踏んで引き返すだけだ。わざわざ中から鍵をかける必要もねえ。大輔と絶対に会いたくないと断固決意している奴なら可能性はゼロじゃねえが、顔も見たくない相手と参考書をシェアなんてしねえだろ。だいたい、その後、二人は待ち合わせて会えているんだ」

光の速さで否定されたので、ちょっとへこんだ。思いつきにそこまで言う必要はないじゃないか。

夏輝は眼光鋭く、なにやら考えている様子で芋焼酎にちびちびと口をつけている。姉を潰しておいてまだ飲むか、こいつ。

「岸本一回生、当然、そのご友人とトラブルなんかもなかったわけだな？」

「はい、むしろ仲はいい方だと思います。よく勉強会もしますし、僕のバイト先の常連でもあるんですから」

清田先輩は小さく唸ると、思考を整理するかのごとく何やらぶつぶつと呟き始めた。先輩も結構乗り気でいるのが意外だった。

「皆さん、お悩みのようですね……」

おどろおどろしい口調で、二木くんが語り始める。こうなるとしばらくは彼の独壇場である。

「皆さんは神隠しに対して、誤解を抱いているのではないですか？」

「誤解？」

反応したのは岸本くんだ。二木くんの怪談話は話半分に聞き流せばちょうどいいのに、真面目な彼はいつも真剣に彼の話を傾聴する。そして、しょっちゅう震え上がらされている。かわいそうに、今日も二木くんの餌食である。

「人々が神隠しと呼ぶ現象は大別すると四つに分けられるんだ。それは姿が消えたあとどうなったかによって分類される。一つ目は、戻って来た後に隠されていた間の記憶があるもの。二つ目は、その逆で記憶がないもの。三つ目は戻って来ず、行方も分からぬままであるもの。そして四つ目は、戻って来ず遺体で発見されたものだ」

岸本くんが早くも「ひっ」と喉奥で小鳥が絞められたみたいに呻いた。

「けれど、僕だってこれら全てが怪異による超常現象だとは思っていないさ。三つ目と四つ目は人為的な事件や事故に巻き込まれた可能性の方が高いと思ってる。問題はその前二つだ」

「今回のケースだと二つ目の記憶がないものに該当するわけですか」

岸本くんは未だ真剣な表情を崩さない。

「ぶっちゃけて言うと、僕は人々が神隠しだなんだと騒ぎ立てる現象のほとんどは人間の力によるまやかしだと思っているんだよね。記憶がないパターンだって、誘拐、監禁されていた人間が解放されたはいいが、ショックで上手く答えられないなんてパターンは往々にして考えられる。けれど、今回はどうだい？」

二木くんは、ここが見せ場だと踏んだのか、人差し指をピンと立てた。

「友人はすぐに姿を現した。目立った外傷もなかった。君に問い詰められて狼狽するのも無理ないさ。だって、彼には消えていた記憶もないし、消えていた時間もほんの一瞬だったんだから。あくまでも人間世界の時間軸に直せばだけどね」

「何が言いたい、二木三回生」

清田先輩が反応し、二木くんは一瞬たじろいだがすぐに態勢を立て直して見せた。

「要は、人間界の時間の流れと、霊界と呼ばれる世界の時間の流れは異なっているということです。霊界は精神的な世界。一日は二十四時間という地上の法則は成立しえない世界。彼は、あちらの世界で長い時間を過ごしたと考えればどうだろう。彼が消えたのは実は一瞬ではなかったんだよ。人間世界の物差しで測っていても答えは見えないんじゃないかな、このケースは。まあ、信じるか信じないかは君たち次第だけどねえ」

二木くんは今日一番の笑みを浮かべた。甚だ不気味である。すっかり岸本くんは震え上がっている。話を聴き終わるや、夏輝に泣きついた。

「な、夏輝先輩！　どうなんですか。僕の友人はどこにいたっていうんですか」

早く悪夢から目覚めたいようだ。僕は夏輝をちらと見やる。彼の目には力が宿っていた。

「なあ、小春。俺は料理の腕に磨きをかけて、最近和食も勉強中だが、デザートの類は一切作らねえと決めている」

「急にどうした、夏輝」

不意を突かれた清田先輩はきょとんとしている。

「しかし、やはり食後のデザートというのは格別なもんだ。今、腹は満腹。残されたのは別腹のみ。これでお開きじゃなかなか締まらない」

夏輝の語り口で全てを悟った僕と岸本くんの口角が上がる。久しぶりの前口上、言っちゃってください。

「デザートの代わりに解決編はいかがですか?」

◇

「解けたんだね、夏輝」

僕は期待を込めた視線を送る。夏輝は鷹揚に構えていた。

「大輔、安心しろ。お友達はどこへも行っちゃいねえよ。ずっとお前の近くにいたんだ」

「僕の近くに?」

「夏輝、岸本一回生の話を聴いていたのか? どこにも隠れる場所はなかったじゃないか」

清田先輩が信じられないという具合にせっつく。

「それがあったんだよ。それも堂々と隠れられる場所がな。いや、場所というと語弊があるかもしれない」

夏輝は微妙に煮え切らないニュアンスで答えた。

「身を隠していたわけではないということですか?」

と岸本くん。

「まあ、そういうことになる。身を隠していたというよりは、別の者になり切って、風景の一部になっていたと言った方が近いかもしれない」

余計にこんがらがってきた。酔いのせいもあったけれど、脳内が遠心分離機にかけられたみたいにぐしゃぐしゃになっていく感覚があった。

清田先輩が口を切る。

「甚平に着替えて人ごみに紛れたと言いたいのか？」

釈然としない表情であるので矛盾点には気付いているのだろう。

「あんな人ごみで早着替えをやらかそうもんなら漏れなく変態確定だよ。たちまち騒ぎになるだろうし、大輔もさすがに気付くはずだ」

じゃ、じゃあなんだって言うんだ。言いかけた僕を夏輝は手で制した。

「それは人にあって、人ならざるもの。ほら、食堂前の風景を思い出してみろよ。いただろ、一匹。人間であって人間でないものが」

あっ！　ひょっとするとそれは……。

「ゆるキャラの『さっつん』か！」

「ご名答」

夏輝がオーケーサインを作った。真実は、思わぬ形で姿を現した。

「真相はこうだ。まず、大輔の友人は何らかの形で浴衣登校ＤＡＹのイベントに携わっていたメンバーの一人だったんだろう。とは言っても、今日は平日。講義もあるし、イベントを学生が運営するためには、シフト制を布《し》いて、空き時間に担当を交代しながらじゃないと、とてもじゃないが手が回らない。それは食堂前でプラカードを持った呼び込み隊しかり、ゆるキャラに扮《ふん》して愛嬌を振りまく広告塔しかりだ」

「つまり、件の友人は、ゆるキャラの被り物をして、岸本一回生の前に立っていたというわけか」

清田先輩が得心したように頷いている。

「完全に盲点だね、それは」

僕も同意した。

「ゆるキャラに入るんなら着替えの必要もない。着ている服の上からすっぽり被ればいいのだから時間もそうはかからないだろう」

「ちょっと待った」

二木くんが不満げな表情で水を差した。

「百歩譲って、ゆるキャラの中に岸本くんの友人がいたとしよう。じゃあ、なぜそのことを岸本くんに告げなかったんだ。隠しさえしなければ、こんなややこしい事態は招かずに済んだはずじゃないのかい」

夏輝はやれやれと言わんばかりに首を振る。

「聞くが武明。お前は、幼稚園生にサンタクロースは実はお父さんなんだよ、なんてことをわざわざ教えるか？」

「するわけないだろう。夢を潰すなんて野暮そのものだ」

「あっ！」

思わず声を上げる。皆が驚いたように僕を見つめている。気付いてしまった。そうか、そういうことか。

「晴太、気付いたみてえだな。言ってみろ」

「二木くんから聞いたんだけどさ。『さっつん』は公式設定ではシロクマの妖精なんだって。まあ考えてみれば『さっつん』に限らず、ほとんどのゆるキャラでタブーとされているのは中の人の存在さ。確かに、実はあの中身は僕なんですって言うのは野暮以外のなにものでもないよね」

なんのことはない。岸本くんの友人はその設定を忠実に守っていただけだったのである。

「これは一本とられたな。さすがだ、夏輝」

清田先輩は感心しきりだ。最後に夏輝が締めの言葉を二木くんに送る。

「どうだ？ これでも神隠しだなんだと言うのなら、いくらでも相手になってやるぞ」

二木くんは諦めたように目を閉じると、両手を挙げて降参のポーズをとった。勝敗は火を見るよりも明らかだった。

◇

すっかり忘れていたけれど、秋音さんは夏輝の推理演説が終わってもなお夢の中にいた。幸せそうな寝顔をしていたので、今晩は夏輝宅で預ることとなったのだった。

僕は幸運なことに、清田先輩の警護役を仰せつかっていた。外灯はしっかりと明るいものの人の通りは少ない唐湊の夜。夏の虫たちの混声合唱は夜気に溶けきり、ただ新川のせせらぎのみがこの空間の主旋律たりえた。

「すまなかったな、小金井三回生。うちの姉が随分と迷惑をかけた」

なんだか今日の先輩は謝ってばかりだ。らしくないというのは偉ぶりすぎだろうか。

「いえ、僕の方も随分と笑わせてもらいました。楽しかったですよ」

あまり意味のないことかもしれないけれど、僕が車道側を、清田先輩が歩道側を歩いている。車道と歩道の境界線は随分と曖昧で、ガードレールすら存在していない。清田先輩を危険な目に遭わせる確率は少ない方がいい。

「秋音姉さんと私と夏輝が同じ屋根の下で過ごしたのはいつぶりだろうか」

満天の星空を見上げ、清田先輩は呟いた。姉弟が満足に会えない。つい最近まで、夏輝を取り巻く環境は閉塞的だった。彼が殻に閉じこもった期間は長い。今ですら、まだ完全に殻を破ったとは言えない状態だ。

「これからは、またこういう機会も増えますよ」

夏輝の凝り固まった殻の穴は、僕が少しずつこじ開けてやる。なんだって、やれないことはないのだから。

「君は本当にすごいな、小金井三回生。夏輝のあんな姿、私は初めて見たぞ」

探偵役として名推理を披露するあの姿のことだろうか。

「そうなんですよ。少ない証拠で事件を解決するあの姿。誰も持っていないあいつだけの才能です」

僕は自分のことでもないのに、得意げに胸を張った。清田先輩は吐息を漏らした。

「違うよ、小金井三回生。私は、そのことを言っているのではない」

清田先輩は静かに首を振る。僕は真意を測りかねて足を止める。それに合わせるように、清田先輩の足も止まった。じゃあ、なんだというのだろうか。

「私が言っているのはな。君に見せる表情だ。あんなに無邪気な夏輝の顔を私は初めて見た。家では決して見せたことはなかった、あの快活な表情」

「清田先輩……？」

どうしたというのだろう。なんだか様子がおかしい。

「君が、私に思いを伝えたあの日からずっと考えていたことがある。その源泉は分からなかったのだが、今日、ようやくそれが分かった」

清田先輩は僕に振り返る。

「私が成り行きとはいえ、鹿児島へと進学してきたときにまず思った。夏輝に会わなければ、と。しかし、悲しいかな。夏輝は私を拒絶した。奴の家の鉄扉を私は開けなかった」

開けなかったんだ。

清田先輩は、自分自身に言い聞かせるようにもう一度同じ言葉を繰り返す。なにも言えなかった。清田先輩は、夏輝が彼女を拒んでいた理由を知らない。本当は血の繋がっていない姉弟だという事実を知らないのだ。秋音さんは、それを知っている。そこが秋音さんとの間にある大きな違いだ。

「君に夏輝の世話を頼んでよかったと心の底から思っている。現に、君はあの天岩戸《あまのいわと》みたいに固く閉ざされた鉄扉をこじ開け、更には奴と父親との間にある確執まで取り除いてしまった」

ここ数カ月の出来事が走馬灯のように蘇《よみがえ》る。時が止まってしまったような静寂があった。

「なあ、小金井三回生」

「なんでしょう?」

「なぜ私ではなかったんだろう。何のために私はこの地にやって来たんだろう。自分の存在が時折、とても空虚に感じられるのだ。私は姉として、夏輝のために何をしたというのだろうか、と」

清田先輩は僕に正対してはいたものの、その視線は更に向こう側の、遠く離れた虚空を捉えているように見えた。

「先輩。帰りましょう、夜は冷えます」

僕は視線を切ると、先輩を先導して歩き始めた。

「すまない、小金井三回生。魔が差しただけだ、気にしないでくれ」

そう先輩は言ったけれど、到底割り切れるものでもなかった。清田先輩と二人きりという有頂天になって然《しか》るべき状況が、このときばかりは僕の双肩に重くのしかかっていた。

幕間劇　その弐

悶々《もんもん》とする日々がしばらく続いた。清田先輩と夜道を歩いたあの夜に聞けた彼女の本音。しかし、僕に何ができるというのか。清田先輩は姉として、夏輝を殻の中から引っ張り出そうとしていた。家族との確執についても、自分がこの地にいるという地の利を生かして、何とかしようという思いだってきっとあったはずだ。

結局、それは僕の手に委ねられて、そして僕は成し遂げた。今でも僕は自分のやっていたことが間違いだとは思わない。

けれど、この胸の奥に引っかかる違和感はなんだ。分からない。答えの出しようもない。それでも、時間は無情にも過ぎていく。何ら最適解が出せないまま、数日が過ぎようとしていた。

このまま陰々滅々と過ごしてしまえば、おかしくなりそうだった。こんなとき、頼れる存在は一人しかない。僕の足は自然と夏輝の家を目指していた。

「おお、ここ数日、顔も見せずにどうしたよ、晴太。夏風邪でもひいちまったか？」

普段と変わりない夏輝の様子に、なんだかここ数日間の緊張の糸が一気に切れた気がした。

「おいおい、どうした。鼻なんかすすっちまって。やっぱり本当に熱でもあるんじゃねえか？」

普段は口の悪い夏輝が今日に限って見せた優しさが、なんだかとても身に染みた。大丈夫、大丈夫だ。もう元通り。

「夏輝、ティッシュ借りていいかい？」

「なんだ、鼻風邪かよ？ 用心しろよ。独り暮らしの天敵だぜ」

色々な思いのたけを込めて鼻をかんだ。ツンとした痛みが鼻梁の辺りを刺激する。鼻水なんか出やしない。どっこい、これで元通りだ。

「晴太、相談したいことがあるんだが」

タンクトップ姿の大男が正座してこちらを見つめている。突然の改まった態度に、夏輝特製の明太クリームパスタが鼻から飛び出すところだった。

「どうしたんだい、夏輝。柄にもない」

「お前、バイト何かやってるか？ もしやってるんなら、俺にも勤まる仕事か教えてほしい」

「バ、バイト？」

予想をはるかに超えた質問に死角から殴られたような感覚に陥った。食べながらで済む話じゃなさそうだ。僕はおとなしくフォークを置き、居住まいを正した。

「驚いた、まさか君に勤労精神があっただなんて」

少しおちょくると夏輝は顔面を真っ赤にして反駁《はんばく》してきた。

「そ、そりゃあるに決まってんだろ！　じ、児童養護施設のボランティアの仕事が一段落ついたからよ。これから始めようと前々から計画していたんだ。ほら、よく言うじゃねえか、『働かざる者食うべからず』ってよ」

ははあん、なんとなくこいつの腹の底が見えてきた。推理するときは微に入り細を穿《うが》つ鋭敏さを誇る彼も、一度気が動転するとこのザマである。何とも分かりやすい奴だ。

「お前、この前の秋音さんの発言を引きずってるんだろう。まあ、確かに？　秋音さんは広告代理店勤めのバリバリのキャリアウーマンだし？　小春さんは院生という特色を活《い》かしてTAとして働いてるし？　自分だけ取り残された気になっても致し方なしかもね！」

「お、お前なあ……」

夏輝はプルプルと震えていた。どうやら図星だったらしい。かわいそうなので、この辺でやめておいた。

「確かに、僕も人並みにアルバイトはやっているよ。最近は随分とシフトを減らしてもらっているけどね」

試験も近づいてきたし、これは当然の選択である。

夏輝はぱっと顔色を変え、身を乗り出し僕の肩を摑んできた。近いな、おい。

「それは、なんてバイトだ？」

暑苦しいので手を払ってから答える。

「家庭教師だよ、家庭教師！」

「晴太、家庭教師なんてやってたのか」

意外そうに眼を丸くする夏輝。失礼な奴だ。

しかし、確かに夏輝にバイト先について話したことは今までなかった。それは単にこいつが金を稼ぐという行為に対して興味を示していなかったからで、別に隠していたわけじゃない。

「な、なあ。俺に紹介してくれないか!?」

払いのけたというのにまた両肩をがっちりホールドし、前後に激しく揺さぶってきた。

「ちょ、ちょっと待ってよ。夏輝！」

なんとか逃れる。

「お前が家庭教師？」

夏輝は激しく二度三度と首肯した。夏輝が家庭教師か。常住坐臥《じょうじゅうざが》、不躾な態度を崩さず、大人に対しても平気でタメ口を使うこの男が人様の家庭に行ってしまえば……。僕は身震いした。

「絶対、ダメ！　一発でクレームだよ」

大きなバツ印を出す。

「ええ？　いいじゃねえか、俺、子ども好きだしよ」

確かに子どもの面倒見がいいのは事実だ。しかし、仕事に大人が介入するとなると、どんな問題が起こるか分かったもんじゃない。上司や社員の存在する塾講師も同じ理由で却下だ。

「じゃあ、俺に何ができるんだよ」

バイト情報誌を見て探せと喉元まで出かけたけれど、言うのはやめておいた。あの類に載っているのは接客業がほとんどだ。とにかく、こいつにやれることとなると……。

腕組みし、情報を整理する。

まず、こいつを一人で働かせるなんて末恐ろしいこと僕にはできない。僕も同伴できるものが良い。となると、自《おの》ずと短期か日払いのバイトということになってくる。夏輝の体軀を活かせば肉体労働系のバイトはもってこいだが、それでは痩せぎすの僕が死んでしまう。となると……。

「交通量調査のバイトなんてどうだろうか」

難儀した挙げ句、奇跡的に夏輝のバイト先が決定した。

◇

善は急げと申し込みを済ませ、事前説明会を受け、当日の朝がやって来た。勤務は午前七時から午後七時の半日間。三人一グループとなり、市内各所の交通量を調査することになる。長丁場となるため、話し相手は一人でも多い方がいい。

現地に三十分前に集合する。我がグループが担当するのは鹿児島市武《たけ》。西郷隆盛生誕の地にほど近い、歴史ある場所である。すぐそばを甲突川が流れ、川沿いは「維新ふるさとの道」として観光客用に整備されている。

「今日はよろしくお願いします、夏輝さん！」

大きな麦わら帽子を被った西牟田さんがぺこりとお辞儀をした。先日、誘ってみたところ、「なんだか面白そう！」と二つ返事で賛同し、同行が決定していたのである。

陽は既に昇り、辺りは明るい。この分だと、日中は灼熱地獄が訪れること請け合いだ。交通量の多い大通り沿いではあるものの、まだまだ車の通りはまばらである。設置した折り畳みのパイプ椅子に三人して腰を下ろす。ただ車の数を数えればいいというわけではない。シートには一時間ごとの軽自動車、普通自動車、大型自動車の交通量を書く欄が分けて設けられており、また上り、下りといった車線ごとにカウントする区分が一人一人振り分けられていた。

「ええと、あっちから来た軽自動車がこのボタンで……」

シートとカウンター、道路を見比べながら、夏輝は入念なイメージトレーニングを続けているようだ。

「今からそんな気合いを入れてちゃ一日もたないですよ」

との西牟田さんの指南もどこ吹く風で、とにかく夏輝は落ち着きがなかった。西牟田さんは麦わら帽子にUVカットのカーディガン、おまけに入念に日焼け止めクリームを塗り込み、紫外線対策バッチリだ。

そうこうしている内に定刻の七時となった。時間ぴったりにストップウォッチをスタートする。記念すべき夏輝の初勤務が幕を開けた。

「ねえねえ、どうせ十二時間暇なんだから、退屈しのぎにゲームでもしようよ！」

西牟田さんの発案で開始早々、古今東西ゲームがスタートする。

「古今東西、赤い食べ物！」

「トマト！」

「スイカ！」

………。

なんて最初はやっていたのだけれど。勤務開始から三時間が経過した頃、ついに三人の会話がゼロになってしまった。

陽は先ほどよりも更に高く昇り、炎天下の日差しが容赦なく三人に降り注ぐ。キャップを持参した僕はまだいいのだけれど、夏輝には一切の防御策がなく、ただひたすら太陽光を大きな身体で受け止めていた。

まずいな、完全に交通量調査というものを舐めていた。目の前を通り過ぎる車、車、車。ちょっとでも考えることを止めてぼーっとしてしまうとカウンターを押しそびれそうになる。単純作業がこんなにしんどいだなんて。

無性に家庭教師として受け持っている生徒が恋しくなってきた。

昼になり、状況は更に悪化していた。太陽はこの日一番の高さまで昇りつめ、容赦なく僕らの体温を上昇させる。幸い、水分だけは大量に持参していたけれど、それで万事解決するわけでもなかった。

「さすがにしんどくなってきたわね」

久しぶりに西牟田さんが口を開いた。げんなりしているのは横顔を見ずとも分かった。眼前の風景は何一つ変わることなく、車の往来を目で追うのみだ。

夏輝は首筋に汗をしたたらせ、黙々とカウントを刻み続けている。けれど、こうやって能動的にお金を稼ぐなんて言い出したのは、ともするとこいつにとっては大きな進歩なのだろう。考えてみれば、ボランティアと講義以外でこいつが外出したのは、久方ぶりのことだったのである。友人として、その事実を素直に嬉しく思う。

各々持参した軽食を済ませた頃、夏輝が辛抱たまらんといった趣で、

「ト、トイレに行ってもいいか?」

と言い始めた。苦しそうな表情なので、限界なのだろう。

それもそのはず。日差し対策皆無の彼は、普段の温室生活が祟り、滝のような汗で失ったミネラルを大量のスポーツドリンクで補給していたのである。自慢の筋肉は、いかなる負荷にも耐えられようと、この蒸すような南国の気候の前では実に無力だったのだ。

「早く行って来いよ!」

素早くバインダーとカウンターを奪う。大男は情けない内股走りで、「維新ふるさとの道」を北上していった。

「あっちにトイレあったっけ?」

一抹の不安をもって見送った僕に西牟田さんはさばさばと応じた。

「最悪、維新ふるさと館で借りればいいわよ」

さすが準備がいいことで。

「調査済みってわけだ」

夏輝のトイレ休憩は長丁場になりそうだ。僕は苦笑した。

「なんかさあ、こうやってぼうっと何にもしないでいる時間があると色々と考えちゃうわよね」

黙然と道路を眺めていた西牟田さんが突然、切り出した。

「考えるって何を？」

「自分は何をしに大学に入ったんだろうってさ」

「西牟田さんでもそんな風に人並みに悩むことってあるんだ」

てっきり、しっかり者の彼女なら将来に対して明確なビジョンを持っているものだとばかり思っていた。

「あるわよ。私ってなんて中途半端なんだろう、とかさ」

僕は職務を忘れて思わず二度見した。

「手、止まってるよ」

すぐに注意されたので、作業に戻る。いけない、いけない。

「私ね。昔から興味の対象がとっかえひっかえなの。夜の町に繰り出して一期一会の出会いで色々な人の話を聴くのを趣味にしたり、料理を習いたいと思い立ったらすぐさま夏輝さんに弟子入りしたりさ」

「多趣味なのは何も悪いことじゃないんじゃない？」

西牟田さんは頭を振った。

「そう思ってたのよ、つい最近までは。けど、気付けば学友はみーんな夏休みにインターンシップに行く予約を完了しちゃっててさ。焦って私も登録しようと思って気付いちゃったのよ。多くの選択肢から一つだけを採り上げることの難しさに」

周囲の雑音が次第に遠のいていった。カチカチと不規則にカウンターを鳴らす音が沈黙の中でやけに大きく響く。

自由闊達《じゆうかったつ》、天真爛漫《てんしんらんまん》な彼女に対し、周囲の文学部仲間は堅実的だった。その事実が何よりも彼女を焦らせているのだ。

「僕なんかインターンなんて考えてすらないんだよ。気にしすぎじゃない？」

「小金井くんには、そんなことよりももっと大事な目標があるじゃないの。対して、私は色々なことに手を出して放浪する根無し草」

再びの沈黙。大学三年生。早い人は、着実に進路に向けて舵《かじ》を切り始めるときなのだ。

西牟田さんが言っている僕にとっての大事なこと。清田先輩のことだろう。しかし、今までぐらつきようもなかったその大きな柱は、今、激しく揺れ動いている。そのことを彼女は知らない。だから、彼女はいつでも僕の応援者たりえる。

「ごめんね、柄にもなく愚痴っちゃったわ」

照れ隠しか僕の肩を小突く。

「男が一度やると決めたのなら最後までやり切りなさいよ。どんなことよりも大事なことってあるんだからさ」

あの夜の清田先輩の姿が蘇る。僕のやるべきことって一体……。

◇

全日程が終了し、一日の労働の対価が各々に支払われる。

「こ、これが給料袋……」

夏輝は感動のためか、ひとしきり打ち震えていた。放っておいても良かろう。

「いやあ、給与振込みってなんか味気ないけど、現金支給はいいものね！」

すっかりいつもの調子に戻った西牟田さんは、外灯の光に透かして中身を確認している。そんなことしなくても給料は逃げないって。それにしても。

興奮冷めやらぬ夏輝を見やる。

「焼けたねえ、夏輝」

一日中、炎天下にいた夏輝は、真っ赤になっていた。普段は色白なので、そのギャップはえげつない。

「う、うるせえ！　見るんじゃねえよ！」

西牟田さんはたまらず笑い転げていた。

労働時間十二時間。日給一万円。成り行きはどうにせよ、夏輝が初めて稼いだ給料だ。喜びもひとしおだろう。

「して、その使い道は？」

「バーカ、教えるわけねえだろ！」

右胸をド突かれた。こりゃ失敬。

「しかし、良かったですね夏輝さん。念願の初給料ですよ」

西牟田さんが、まるで自分の初給料日のように手を叩き祝福する。親元を離れ、見ず知らずの地で手にした労働の対価。額の多寡など問題ではない。僕も大学一年時のあの感動を思い出していた。

「大事に使わないとね」

給料袋片手にぱあっと行こうよなんて間違っても言えない。それに、あの出不精夏輝が、わざわざ僕に頭を下げてまでやりたかったバイトだ。ちょっと社会経験に、というわけでもあるまい。

心に決めていることでもあるのだろう。そして、それはきっと秋音さんのあの一言があろうとなかろうと、遅かれ早かれ訪れていた。なんとなくそんな気がした。

甲突川沿いを北上し、高見橋《たかみばし》駅にて路面電車を待った。夕暮れ時。帰路につくサラリーマンの姿も目立つ。しかし、このまま帰るのも味気ないなと考えていると、ふと妙案が閃いたので思い切って提案してみた。

「なあ、夏輝、西牟田さん」

ベンチに腰かけていた二人の視線が僕に向く。

「一日の労働による疲労が取れて、べたついた汗も流せる。美容効果も期待できて、おまけに学生に優しいリーズナブル。そんな施設があるんだけど、どうかな？」

「やけに勿体つけるわねえ」

意図を看破した西牟田さんはにやにやしている。

「なんて施設だ？」

夏輝の問いに即応する。

「温泉っていうんだけどね……」

いつもとは違う夜。僕らが過ごす鹿児島の夜が、宅飲みだけとは限らない。今夜は休肝日。たまには、そういう日があったって構わない。

そして、そんないつもとは違う一日が、これから先もっと増えていけばいいと僕は思った。それは、きっと夏輝がまた何か、これまでとは違う新しい挑戦を始めたときだから。

遠くから単調な音を奏で接近する路面電車が道を照らす光が、なんだかいつもより眩しく見えた。

第三幕

「毎度毎度、この時期は絶望的な気分になっちゃうな」

大学図書館の自習スペース、パーテーションで仕切られた一画に大量の学術書を積み上げて、僕はノートパソコンに向き合っていた。

「お前なあ、そんだけ資料が必要なレポートなら、研究室にでも籠れば早いだろうが。非生産的な奴だよ、まったく」

呆れたように夏輝が隣のパーテーションから小声で話しかけてくる。僕とは対照的に、夏輝の机上は非常にスマートで、参考書一冊とノートパソコンのみが置かれている。

「いいの、いいの。こっちの方が落ち着くんだ」

「意味分かんねえよ。阿呆《あほ》じゃねえの」

吐き捨てるように呟くと夏輝は作業に戻った。

試験期間を一週間前に控えたこの日、僕たちはたまたま大学図書館で鉢合わせた。夏輝の言う通り、文学部所属の僕は、普段なら最終レポートの準備を研究室で行うことが多い。文学部は参照資料がべらぼうに多いため、限られたスペースで作業するとなると、どうしても僕のような学術書が両サイドに堆《うずたか》く重なるという事態になることは自明なのだ。

にっちもさっちもいかない状況に陥ってしまったのには理由がある。清田先輩の存在だ。

「なぜ私ではなかったんだろう。何のために私はこの地にやって来たんだろう」

清田先輩の心からの叫びが、毎晩のようにリフレインしていた。目を閉じれば思い出す。彼女の痛烈な叫び。

それを真正面から食らってしまった僕は、彼女と対面することを避けるようになっていた。向き合うのが恐ろしかったのだ。彼女の思いを受け止めきれるほどの度量が僕にあるのか。イエス・ノーなんて簡単に答えは出せそうにもない。

それゆえ、研究室にもなかなか顔を出せない。もし他に誰もいなくて先輩と鉢合わせでもしたら。数週間前まで嬉しいハプニングだった事象も、今では困ったハプニングになる。どうしてこんなことになってしまったのだろう。

鬱屈した感情を振り払うように無心でキーボードを叩いた。正直、狭いパーテーションの中での作業は困難を極めたけれど、まだ学習する場所が提供されているだけありがたい話だった。

夕刻、夏輝とほぼ同時に作業を終えて席を立った。進捗状況は芳しくはなかったけれど、まあ期日までには何とかなるだろう。

「なあ、晴太。これから何か予定はあるか？」

大学図書館の出入り口に差し掛かったところで、夏輝が問いかけてきた。正直、偶然の出会いだったけれど、このまま「さようなら」はなんだか味気ないと思っていたところだ。そう思っていたのは、どうやら僕だけではなかったらしい。

「レポートも一段落ついたし、何より疲れた。今日はもうこれ以上、勉強する気が起きないな」

わざとらしく大きく欠伸《あくび》をする。夏輝は我が意を得たりとばかりニヤリと笑った。大きな悩みも小さな悩みも、二十四時間抱え込んでちゃダメになる。ずるい気もするけれど、お酒の力に頼りたくなるときだってある。社会人になればもっと増えるんだなあ、なんて考えると先行き不安ではあるのだけれど。

「ちょっと待ってて。自転車取ってくるから」

文学部棟は図書館の真裏にある。夏輝宅のある唐湊は反対方面に位置しているため、確保するにはこのタイミングしかない。夏輝宅に流れで行くことになると、ついつい取り損ねてしまうので困る。

「いいよ、急がなくても。ゆっくり行こうや」

気を遣わせるのも悪いと思ったのか夏輝も追随してきたので、これ幸いと歩幅を緩める。街路樹は夏を迎え、まさに新緑。深々とした緑色に染まっている。できるだけ日陰沿いを移動して一路、駐輪場へ。夕方六時も過ぎれば、さすがに日は傾いてきたけれど、湿度の高いべたついた暑さは、まだまだ地上に残っているのである。

「こら、ダメじゃないの！」

「いいじゃないか、これくらい」

「ちょっと、危ないですって！」

道路の方から何やら声がする。それも言い争いをするような声だ。夏輝と二人して目くばせする。剣呑《けんのん》な響きにつられて、大学構内を囲む生け垣にひょいと飛び乗り、声の主を確認する。そこには見知った顔があった。

「ミチエさん！」

反射的に声を上げて口を塞ぐ。

そこには確かにミチエさんがいた。更には西牟田さんも。そして、ミチエさんの傍らには年の頃六十ほどのスーツ姿のおじ様が一人。問題だったのは、ミチエさんがそのおじ様の右腕をむんずと摑み、お縄にしようとしていたことにあった。黒のワンピースが今にも張り裂けそうなほどに伸びてしまっている。

「ミチエさん、危ないですよ。やめましょうって」

西牟田さんはどうやらミチエさんの暴走を必死に止めているらしかった。せっかく決まっている開襟シャツは、くんずほぐれつで皺だらけになってしまっている。興奮状態のミチエさんは小柄な西牟田さんの手に負えない。

「なにぼけっとしてんだ、行くぞ。晴太！」

ええいままよ。勢い込んで、僕と夏輝が飛び出した。

◇

「いやあ、見苦しいところ見せちゃったわねえ！」

ミチエさんは豪快に笑い飛ばした。

「上曽山さん、もう七十超えてるんだから無理するんじゃないよ、相手は男だぜ？　俺たちが通りかかったから良かったものを」

どっと疲れたため、文学部棟中庭のベンチで休憩することにした。自販機で購入した緑茶をミチエさんと西牟田さんに渡す。ついさっきまで息も絶え絶えだった西牟田さんの呼吸も落ち着いてきていた。

「とりあえず、それ飲んで一服してよ」

「サンキュー、小金井くん」

せっかくセットしていたであろう髪型も乱れてしまっていた。彼女にとってはハードラック以外のなにものでもなかった。なんにせよ、グッジョブ西牟田さん。

「だいたい、猫に餌付けしようとしていた人を止めるだけであんなことになるかね、まったく」

夏輝は呆れたように鼻を鳴らす。

「だって、あまりにも無責任じゃないの」

憤慨したようにミチエさんは腕を組む。ダメだ、こりゃ。またやりかねん。

聞けば、先ほどのおじ様は、この辺りに勤めている会社員で毎日のように野良猫に餌をやっていたらしい。ミチエさんは学生さんたちの迷惑になるからと再三にわたって注意したのだが、おじ様は悪びれることなく日課のように餌付け行為を繰り返していたため、いよいよ堪忍袋の緒が切れてしまったとのことだった。

「まあ、気持ちは分かりますけど、怪我《けが》でもしたらどうされるつもりだったんですか？この時間は大学に併設されている病院だって閉まっているんだし。こういうのは私たち若者に任せてくださいよ」

とは西牟田さんの弁だ。ごもっともである。おじ様もおじ様で売り言葉に買い言葉。ヒートアップした形だったので、僕らはまんまと火中の栗を拾わされた格好だ。骨折り損のくたびれもうけとはまさにこのことである。おじ様に引っ張られて、ただでさえ緩めの僕のTシャツの襟元は更に伸び切り、インディーズバンドのボーカルみたいな出《い》で立《た》ちになってしまっていた。

「まあ、確かに最近、この辺りは猫が増えてましたもんね」

それは事実だ。おかげで中庭は一時、昼寝する猫と記念撮影をする絶好のスポットと化していたのである。

「しかし、それが人為的に生み出されたものだってんなら問題だな。人間が自然に過干渉すべきではない」

夏輝がそう言うので、

「それには同意せざるをえない」

僕も首肯し、

「私も、その考えには賛成」

最後に西牟田さんが渋い顔で首を縦に振った。

ミチエさんの顔がぱあっと晴れる。

「じゃ、じゃあ皆分かってくれるのね！」

「それとこれとは別！」

さすがに三人に叱られては立つ瀬もないのか、ミチエさんはしゅんとなってしまった。

反省したのならよろしい。バイタリティに溢れているとはいえ、年齢には抗《あらが》えない。もっと身体をいたわってほしいものだ。

「よし、上曽山さん。十分反省したのなら勘弁するけど、条件がある」

「条件ってなんだい？」

伏し目がちなミチエさんの顔が上がった。

「今から晴太と宅飲みすることになってんだ。今日は、久しぶりに和食がいいと思ってた。また、ご指南いただけないでしょうか？」

タメ口から敬語に滑らかに切り替えるという現代の若者特有の独特の話法を用いて、夏輝は頭を深々と下げた。そのまま手を差し伸べる。

「いいわよ、それで許してくれるならね」

ミチエさんがその手をとった。交渉成立。今日は賑《にぎ》やかになりそうだ。

「ねえねえ、私は？　私は？」

夏輝の周りを羨ましそうに飛び跳ねるのは西牟田さん。しょうがない人だ。

「西牟田さんも一緒に行こうよ」

「やった！」

「なに勝手に誘ってんだ、晴太！」

「いいじゃない、いいじゃない」

吠《ほ》える夏輝であったが、この流れならどう考えても結果は変わりようもなかった。予定より増えたけれど、宅飲みに人数制限などありはしないのだ。

四人して立ち上がろうとした折、またも知人が通りかかった。

「おや？　皆さんお揃いで。どうなされたんですか？」

眼鏡の奥に爽やかな微笑をたたえている。岸本くんだ。

「お前、どうしちゃったの、その格好？」

いつもは大学一年生らしい気合いの入ったコーディネートをする岸本くんだけど、今日は普段とはほど遠い格好をしていた。

「なんか仮面ライダーみたいね」

ミチエさんが素直な感想を口にする。なんと、岸本くんは全身ライダースーツで固めていたのだ。岸本くんは照れくさそうに鼻をかいた。

「コツコツお金貯《た》めてバイク買っちゃいました」

◇

駐輪場には岸本くんの愛車が輝かしいボディを煌《きら》めかせて停車していた。青いメタリックカラーのオフロードバイクは、ボディからマフラーに至るまでが夕日を反射して眩しいことこの上ない。

「はあ、どうりで。だから最近、シフト詰めっぱなしだったわけだ」

謎が解けたとばかり、西牟田さんが合点する。

「先月は教習所と学校とバイト先の往復で本当に疲れましたよ」

岸本くんはバイクをうっとりと眺めている。ミチエさんは興味津々で誰よりもまじまじと色んな角度から観察していた。

鹿児島は道路も広く、自然も豊かなためツーリングにはもってこいの環境である。それゆえ、当大学にもバイク乗りは相当数いる。その証拠に、駐輪場には毎朝、豪快なエンジン音を鳴らして数多のバイクが乗り入れられるのが日常の風景になっていた。

「相当、手入れが行き届いているみたいだね」

「そりゃあ、もう。洗車は日課になっていますし、可愛いのなんの」

言いながら、シートに手を掛けて撫《な》でまわしている。

「自分でお金を貯めて買ったバイクはそりゃ格別だろうな」

つい最近、人生で初めて日給一万円を受け取り感動のあまり震えていた夏輝が分かったような口を利いた。突っ込まないでおこう、おそらくボケじゃない。

それよりも。旅は道連れ、世は情けってことで一つ。

「ねえ、岸本くん。これから皆で宅飲みするんだけどさ。バイク購入のお祝いも兼ねてぱあっといかないかい？　もちろん食費はとらないからさ！」

そう誘ってみたのだけれど、岸本くんは申し訳なさそうに腰を直角に曲げた。

「せっかくのお誘いですが、申し訳ありません」

「ええ！　どうしてよ、いつもなら喜んでついてくるところじゃない。今日はシフトも入っていないはずでしょう？」

西牟田さんが言った。

「でも、無理なんです。すみません。こいつを自宅に持ち帰ってカバーを掛けないと安心できなくって」

岸本くんは「こいつ」といって愛車を指さしている。

「なんだ、そういうことか。大輔、降灰が怖いんだろ？」

納得したように夏輝が言った。岸本くんは首肯する。

「そうなんですよ。毎朝、降灰予報と降水予報のチェックは欠かしていませんが、もし急に降ってきたらと思うと」

「汚したくないってことかしら？」

ミチエさんだ。どうやらバイクの観察は終わったらしい。

「当然ですよ！　バイク乗りにとってバイクは我が子同然なんです！」

岸本くんは胸を張る。

「じゃあ、雨の日はどうやって学校に来るのよ」

「西牟田先輩。歩きに決まってるじゃないですか！」

一同、顔を見合わせる。これは本物だ。

「わ、悪かったね。岸本くん。無理に誘っちゃって！」

手を振る僕に岸本くんは得意げに右手を掲げ、走り去っていったのだった。

「ねえ、バイクって便利な交通手段じゃないわけ？」

西牟田さんが身も蓋もないことを言った。そういう即物的な考えが通じない世界というのも世の中には確かに存在するのだ。

「なんにせよ、これからあいつを宅飲みに誘うには、雨か灰の日しかないってわけだ」

後輩を見送る夏輝の目はどこか寂しげだった。

◇

「はい、お待ちどおさま」

ミチエさん監修、夏輝作の珠玉のメニューたちが次々と運ばれてくる。

コタツ机には、今日の酒のお供たちが並べられている。豪快な大皿がどかどかと並んでいた以前までとは違い、和食を作る際は小ぢんまりとした一品ものが多数並べられるというのが最近の夏輝の手料理だった。どうも、これもミチエさんからの手習いらしい。

「すっごい！　こんな短時間でこれだけの品数が……」

西牟田さんが啞然《あぜん》とするのも無理はない。時間にして一時間と少し。それも買い物による買い足しもなく、コタツ机を埋め尽くす料理が並んでいたのだ。

「これも主婦歴五十年のベテランの業よ。夏輝くんもなかなか筋がいい。一回ごとに着実に成長しているわ」

師匠らしく弟子を立てるのも忘れていない。夏輝は「やめてください」と言いながらも口角は上がりっぱなしである。相変わらず分かりやすい奴だ。

どうも話しぶりを見るに、夏輝がミチエさんに料理について教授してもらうのは、一回二回の話ではないらしい。夏輝から無理に誘っているのならまだ分かるが、ミチエさんもノリノリで教えているので驚いた。けれど、それもなんとなく分かる気がする。

八・六水害で亡くなった息子さんへの思いを胸に、長い年月をかけて悲劇を乗り越えた今、学生の夏輝に在りし日の息子さんを重ねているのだろう。毎度、放っておかれる旦那さんが少し気の毒な気がしないでもないけれど。

西牟田さんと僕はビールを構え、スタンバイオーケーで開戦の時を待つ。夏輝はというと、酒用の棚から芋焼酎を取り出してきた。

「あれ？　夏輝はビールじゃないの？」

「今、芋焼酎に合う料理を見つけるのにハマってるんだ」

嬉しそうにそう答えた。すかさず西牟田さんが耳打ちしてきた。

「これで日本酒の味を覚えたら、おたくの出費もかさみますな、こりゃ」

想像しただけで恐ろしいので、考えるのをやめた。

「それでは、今日も一日お疲れ様でした。乾杯！」

ミチエさんの音頭で待望の宅飲みスタートだ。キンキンに冷えたビールを火照った喉に流し込む。炭酸が喉を伝い、胃の中に到達するのがよく分かる。さすがは夏の季語、麦酒である。

目移りする皿を順繰り眺め、狙いを定める。まずは居酒屋の定番からいただこうか。

「お、晴太は揚げ出し豆腐から攻めたか」

夏輝が美味そうに焼酎を呷りながら独りごちた。箸を入れた段階で分かる衣のサクサク感。添えられた舞茸《まいたけ》の素揚げとともに口に放り込む。

「美味い！」

すかさずビールで流し込んだ。これはいいものを食べた。

「そうだろう。水分を極限まで出した豆腐に薄く片栗粉を付け、衣が残った水分を吸わないうちに油に投入。餡《あん》は大根おろしを溶いたみぞれ仕立てで、くず粉でとろみをつけて熱を逃がさないようにする。また、餡には出汁《だし》にキノコの香りを移してある」

さらさらと出てくる夏輝の解説は、板長のそれを思わせた。

「こっちのお茄子《なす》も美味しいわ。よくある煮びたしとは違うのかしら」

別の皿に手を付けた西牟田さんが感嘆の声を漏らす。

「ああ、それは揚げびたしよ。煮びたしとは違って素揚げした茄子をタレに漬け込むの。ちなみに素揚げしたサバも入れようって言ったのは夏輝くんのアイディア。そっちの方が食べ応えがあっていいでしょう？」

こっちはミチエさんがフォローした。なるほど、夏輝もただ教えてもらうだけではなくて、色々と考えているらしい。

「本当にどれを食べてもまったくくどくない。繊細さを感じます」

一通り、料理を一周したところで総監督に感想を述べる。ミチエさんは夕刻、おじ様と取っ組み合った人と同一人物とは思えないほど上品にほほ笑んだ。

「和食で大事なのは出汁の旨味。塩味とは違う、この旨味をどこまで理解できるのかがポイントなのよ」

「なるほど……」

夏輝は大真面目に頷くと細かくメモを取っていた。

どうもミチエさんと食事をすると夏輝は勉強モードに突入するので、いつもは酒呑童子《しゅてんどうじ》みたいな飲みっぷりも鳴りを潜めてしまう。まあ、こいつはこと料理に関しては真摯で紳士的なので、仕方のないことであろうが。

「あの、ミチエさん。ちょっとご相談が」

場の雰囲気が落ち着いたのを見計らってか、西牟田さんが切り出した。

「なあに、改まって」

夏輝に指南中だったミチエさんは西牟田さんに向き直る。

「ミチエさんは大学に通って文学を修めることを、人生を謳歌《おうか》するうえでの目標に定めたんですよね？」

「そうねえ。以前、そんな話もしたかもねえ」

「こ、怖くなかったんですか？　今までと違う方向に舵を切ることに抵抗はなかったんですか？」

しんと室内は静まり返る。彼女の過去はここにいる全員が知るところ。そこに踏み込むような発言があっていいものか。そんな逡巡が僕と夏輝との間に駆け巡った。しかし、ミチエさんは優しい表情を崩すことはない。

「私の場合は、もう後には引けなかったからねえ。これが正しい道なんだと信じるしかなかっただけよ」

「追い込まれないと、人生をかけた選択はできないものなんでしょうか？」

「おい、亜子。どうした急に……」

「しっ」

言いかけた夏輝の口を手で塞いだ。きっと西牟田さんは、あの時、僕に漏らした愚痴の答えを探しているんだ。悩んで、もがいているんだ。

「亜子ちゃん。何か勘違いしているようだけど、私なんかより、あなたはずーっと恵まれているのよ。なにせ若いんだし。色んなことに挑戦できる」

「それが苦しいんです。いっそ一つの選択肢だけを用意されたなら悩まないで済むのにって思ってしまうんです、最近」

ミチエさんは眉根を寄せた。

「バカ言っちゃいけないよ、亜子ちゃん。若いうちはなんだってやってみればいいのよ。身体が動くうちにね。今しかできないことはあるの。虎穴に入らずんばってね。それに若いからって、いつ、何が起きるかなんて分からないんだし」

はっとした。そもそも選択すらできなかった人生だってあるのだ。

「ごめんなさい、不快にさせるつもりは」

「いいんだよ。たくさん迷って、たくさん壁にぶつかって、時には後戻りして。いつか必ず道は見つかるのさ。人生、生きてさえいればね」

それは表面上、西牟田さんに向けられた言葉のようだったけれど、その実、夏輝の胸にも、僕の胸にも、静かな炎を灯《とも》す言葉だった。

◇

意を決して、研究室の扉を開けてみた。幸か不幸か先輩の姿はそこになかった。

自分自身、その事実に安堵《あんど》しているのか、落胆しているのか。それも、もはや僕には分からなかった。先輩の連絡先なら知っている。けれど、直接コンタクトする勇気まではない。だから、偶然の邂逅を演出しようとする。どこまでも肝の据わっていない男だなと自虐的な思いでほぞを噛む。

なにやってるんだろう、僕。大きく嘆息した。最近、一人でいるときの溜息が増えたような気がする。そういや、前にもこんなことあったっけ。僕は人の内面に足を踏み入れようとするとき、いつだって臆病になる。その一線を平気で飛び越えられる人間も世の中には多いのだけれど、そしてその方が随分と楽なのだろうけれど、それができるほど器用な人間でないことは自覚しているつもりだ。

仕方がないので、誰もいない研究室で少し勉強をした。途中、花崎さんが入って来た。軽くお喋りをした。どうやら、夏休みにメガバンクのインターンシップに参加することが決まったようで、嬉しそうに話していた。

「先生、元気ないよ、大丈夫？」

先日、家庭教師で担当している生徒が心配そうに顔を覗き込んできて、そんなようなことを言っていた。子どもはいつだって純真で、それゆえ己の姿の映し鏡になる。

日々、見えない何かに削がれていくように、余裕がなくなっているのは薄々感じていた。何か行動を起こさないと。そう思えば思うほどに筋肉は凝り固まり、身動きが取れなくなっていく。結局はきっかけを探す行為に甘え、時間を空費しているのである。

「……先輩、先輩！」

彼方より呼ぶ声にはっとした。眩しい。どうしたというのだろう。ここはいずこ？

「大丈夫ですか、小金井先輩！」

「ああ、君の若さが眩しいよ、岸本くん。ひょっとして家系図を辿《たど》っていったら最終的にアマテラスにたどり着かないかい？」

「なに、寝ぼけてるんですか、もう！」

眼をこすって現状を確認する。夕暮れ時。僕の前には、ピカピカのライダースジャケットを身にまとった爽やかイケメンが一人。なるほど、そういうことか。

どうやら、研究室を後にして中庭でふてくされている内にベンチで眠りこけていたらしい。最近、夜になると考え事ばかりで寝つけず、寝不足になっていたようだ。

「三年生も大変ですね。試験勉強で根を詰めるのもほどほどにしてくださいよ、まったく」

どうやら岸本くんは僕の寝落ちを肯定的に受け取ったらしい。どこまでもできた後輩である。

「それじゃあ、僕急いでるので！」

「え！　もう行っちゃうの？」

「さっき桜島が大噴火したんですよ。一時間後には〝ドカ灰〟です。それに、雨雲もあちらから迫っているので、最悪の場合、〝灰雨〟ですよ。早く帰ってバイクを守らないと！」

言うが早いか、岸本くんは走って行った。そりゃ、確かにバイクを愛す岸本くんには死活問題に違いなかった。

ドカ灰とは通常とは比べものにならないくらいの噴火をしたときに降る大量の火山灰を指す言葉だ。たかが灰だと馬鹿にしているとえらい目に遭う。なにせ、霧がかかったように視界が不明瞭になり、道路を灰が覆い尽くす。以前、降ったときなどは相当な厚さに降り積もり、ロードスイーパーも間に合わず、道路の白線が完全に消えていたほどなのだ。

これに雨が混じれば最悪だ。降灰と雨が重なることを灰雨というのだけれど、これがまた曲者《くせもの》で、文字通り真っ黒な雨が降って来る。服に付着すれば最後、なかなか取れない黒い斑点で新しい模様が出来上がってしまう。白い服を着ているときなどに遭遇すれば目も当てられない。

腕時計を見る。時刻は午後五時だ。腹も減ってきた。

こういう日は早いところ屋根のある場所に逃げ込んでやり過ごすのが一番だ。一路、夏輝宅を目指すことにした。

◇

夏輝宅の鉄扉を開けてのち、僕は暫時、衝撃で動けずにいた。夏輝はベッドに横になり、なにやら冊子を広げマーカーで線を引いている。勉強かと尋ねると、夏輝は冊子の表紙を得意げに開いて見せてきたのだ。

僕の見間違いでなければ、それは求人広告の載ったフリーペーパーだった。おいおい、嘘だろ。

「なあなあ、ライブの会場設営だってよ。なかなか太いぜ、これ。どう思う？」

「悪いけど、体力仕事は無理だよ。僕は」

「なに言ってんだよ、俺一人で行くんだよ」

「はあ!?」

再びの衝撃。僕は靴を脱ぎ捨て、急いで夏輝に駆け寄った。狭いデコに手を当てる。

「どうしたんだ、夏輝。熱でもあるのかい？」

「んなわけあるか！」

迷惑そうに振り払われた。ちなみにだけれど、彼の額はまったく熱くない。平熱である。本当にこいつ、勤労意欲に目覚めちゃったってわけか。勤労感謝の日って十一月じゃなかったっけ？

「なんにせよ、君が労働の喜びに目覚めたのは、友人として嬉しい限りだけどさ」

夏輝も少しずつ変わっているのかもしれない。そのお金の使い道は未だようとして知れないのだけれど。それをことさらに気にするというのも野暮ってもんだ。

「で、お前何しに来た？」

ベッドから起き上がり、夏輝が問いかける。それまでは白い肌に不釣り合いな筋骨隆々とした身体が特徴だったのに、交通量調査のバイトで浅黒くなった肌は、彼の威圧感を何倍にも膨れ上がらせていた。

僕の腹が豪快に鳴った。

「聞こえたかい？　今日はがっつりしたものを所望する」

「よし、分かった。じゃあ上曽山さんの力を借りない夏輝特製メニューでいこうか！」

夏輝がいつも通りメモを取り出すところへ僕は待ったをかけた。

「岸本くん情報だけど、現在、猛烈なスピードでドカ灰が接近中。サンデードライバーの僕じゃスリップして事故に遭う可能性大だ」

「なに!?」

夏輝は少しだけ考えて即応した。

「たまには運転してやろう。乗れよ、晴太！」

どんだけ信用されていないんだ、僕の運転は。


岸本くんの予報通り、本当にドカ灰が到着し、ついですぐに雨が降り始めた。灰雨である。運転するには考え得る限り最悪のコンディションといえ、心底ハンドルを握らなくて良かったと思った。夏輝の運転はコンディション不良などなんのその。至極、安定したものであった。さすがはオーナーである。到着したのは、無論いつもの業務用スーパーである。

思えば、夏輝とこのスーパーを訪れるのは、彼の父親が一騒動起こしたあの時以来だった。きっと木佐貫さんも喜ぶんだろうなあと思っていたが、そうはならなかった。

木佐貫さんは確かにいた。しかし、いつもの如才なくキビキビと店内を動き回る姿はなかった。何やら社員と険しい顔つきで会話していた。特徴的な太い眉毛がVの字になっているので、機嫌がいいわけではなさそうだ。つまり、今、話しかけるべきではない。

「おーい、おーい！」

レジの方から何やら聞き覚えのある声がした。振り向けば、制服姿の西牟田さんが大きく手を振って僕らを呼んでいる。少なくとも、いつもの西牟田さんであれば、勤務時間中に僕らにオーバーなアピールなどしないはずだ。

「何かあったのかい？」

僕が尋ねるが、夏輝の姿がない。どこ行ったんだ、あいつ。

「阿呆、今は平日の夕方だぞ。客もいるのにレジで話し始める奴があるか」

手近にあった商品をありったけカゴに詰め込んで夏輝が駆けてきた。ナイス、機転。ゆっくりとした挙動でレジ打ちを始めながら、西牟田さんが声のトーンを一層落として切り出した。

「単刀直入に言うわね。岸本くんが勤務時間なのに来てないのよ」

「え？　どういうこと？」

「分からないわ。連絡もないみたいなの」

「まずいな、そりゃあ」

岸本くんは春先、ピーク時に限って行方をくらませるサボリの常習というレッテルを貼られ、職場内で総スカンを食らっていた時期がある。結局、彼が持ち場を離れていたのは、鳥の巣にある卵を観察するという獣医学部生ならではの知的好奇心からくる行動のためであった。一時はその探求心と動物愛が間違った方向へ加速し、卵を人工孵化《じんこうふか》させるべく友人と結託し、職場の人々の目を盗み、卵を持ち出そうとさえしたのだった。

結局、夏輝が真相を暴露し、岸本くんの潔白は晴れた。それゆえ、岸本くんも夏輝には多大なる恩義を感じている。

しかし、一連の岸本くんの行動が、職場での評価を大きく落としてしまったのは事実。一度落とした信頼を完全に回復するのには、信頼を築き上げる以上に長い時間がかかる。「サボりの常習」というイメージを完全に払拭するには、四月から七月までの四カ月という期間はあまりにも短い。

「今、木佐貫さんが必死に職場の皆に事情を説明しているところよ。あの人だけは岸本くんを信じているから」

確かに木佐貫さんは、その目で真相を見届けていた。しかし、いくら木佐貫さんが擁護に回ったところで、それはあまり意味を為《な》さないものだ。既に、岸本くんの空けた穴埋めに、余計な仕事を回されているスタッフだっているはずなのだ。

築き上げた信頼を失うのは一瞬のこと。何としても真相究明に努めなくては、今度こそ、岸本くんの居場所がなくなってしまう。

会計を終えると、急いで西牟田さんは袋詰めを行う。

「頼んだわよ、二人とも！」

店を立ち去り際、木佐貫さんがこちらに気付いた。僕ら二人の姿をしっかりと見据え、力強く頷く。岸本くんの命運は僕らに委ねられた。

◇

「とにかく情報が欲しい。晴太、お前、大輔に会ったんだろ？　それは何時くらいだ？　なるべく正確に頼む」

軽自動車のエンジンをかけた後で、夏輝が嚙んで含めるように言った。

「ええと、待ってよ。覚えてる。腕時計を見て確認したから正確だよ。午後五時だ、間違いない」

「ただ今の時刻は午後六時十分か。よし、行くぞ！」

「行くってどこに？」

さしもの夏輝でも、今の情報だけで分かることなんてないはずなのに。

「とにかく、大輔がいたことが確実な場所に行く方がいいだろう。何か手がかりがあるかもしれない」

夏輝は大学の方へとハンドルを切った。

木佐貫さんのスーパーから大学まではそう遠くない。路面電車の線路で切り返す最短ルートを使えば、信号待ちを含めても五分とかからない。事実、僕たちは六時十三分に大学の文学部棟側に到着していた。

「お、おい。これ……」

「どうなってんの」

その場は人だかりができ、騒然となっていた。パトカーの赤色灯がグルグルと周囲を非日常の色に染めている。どうやら事故があったらしい。ガードレールがなぎ倒されているのが見て取れた。フロントガラスが割れ、ボンネットがぼっこりとへこんだ乗用車がレッカー車に載せられている。

「事故か、ご愁傷様なこった」

幸い、追突事故でもないし、救急車が到着していないところを見ると人身事故でもないらしい。

「灰が降り積もったことによるスリップ事故か」

夏輝がそう結論付けた。

警察の目があるため、堂々路上駐車というわけにもいかない。幸い、我が大学は三年生以上の学生に限り、申請さえすれば、構内の駐車場を使用可能だ。普段は「目立つから」使わないらしいのだが、今日のところは役に立った。正門ゲートをくぐりぬけ駐車する。

空は黒雲と灰に覆われてどす黒く、地上に届く陽光も僅かばかり。まだ六時台だというのに、視界は驚くほどに暗い。

「晴太、とりあえず大輔と最後に会ったところまで案内してくれ。奴の行動を詳細に再現するんだ」

僕は快諾し、文学部中庭にて、にわか実況見分をスタートさせた。

「最初、僕がここのベンチに座っていたんだ、ほらこうやって」

僕は忠実に当時の姿勢を再現した。夏輝の目にはベンチで項垂《うなだ》れているようにしか見えなかったらしい。

「なにしてたんだ、そんな所で」

実況見分だ。正直に答えるしかない。

「寝落ちしてました……」

「ほんと、よく外で寝落ちする奴だぜ」

夏輝は呆れたように苦笑した。僕は赤面しながら再現を続ける。

「そしたら、岸本くんにたたき起こされてさ。ひとしきり心配されたあとで、そうだ。そこでもうすぐドカ灰が降るって聞いたんだ。すぐに時計を確認したから、これが午後五時の出来事だ」

夏輝は眉間に皺を寄せ、なにやら思考をまとめている様子だ。僕は淡々と再現を続けた。

「それで、岸本くんがバイクを汚すわけにはいかないからとか何とか言って慌てて走り去って行ったんだ」

「どっちに？」

「あっちさ」

言いながら中庭奥の駐輪スペースを指さす。夏輝は即応する。

「大輔がどこにバイクを駐輪していたか、正確に分かるか？」

僕は頭を振った。

「残念だけど、僕はすぐさま踵を返して、夏輝の家を目指したから分からないよ。雨も降りそうだったから急ぎ足だったしさ」

「ううむ……」

夏輝は渋面を作り唸った。さすがに刑事ドラマの真似ごとをしても上手くはいかないのだろうか。僕らはその点においては、ドがつく素人だ。

「とにかく、次は駐輪場だ。なにか手がかりがあるやもしれん」

降りしきる灰雨を一身に受け、既にどろどろだ。それでも、まだ諦めない。諦めたくない。絶対に真相に辿りついてやる。使命感だけが、僕たちの身体を奮い立たせた。

果たして、とんでもない手がかりが見つかった。

「え？」

僕の目が点になる。

「は？」

夏輝も状況が呑み込めていない様子。そこには、青い塗装の見覚えあるオフロードバイクが停《と》まっていた。間違いない、岸本くんのものだ。しかし、いつぞや見たあの輝きは消えていた。

バイクは、しとしとと降る灰雨を一身に受け続けていたのだ。

◇

夏輝が中庭のベンチに腰掛け、黙りこくってから五分が経過しようとしていた。未だ灰雨は止む気配を見せずに暗い滴を地上に落とし続けていた。

「なにか分かったかい？」

「待て、もう少し……」

なにやら、指折り数え計算している様子だ。

「そうか、そういうことか。あとは物的証拠だ。晴太、来い！」

夏輝はやおら立ち上がると僕にそう告げた。どこに行こうというのだろう。夏輝は既に真相に辿りついたというのだろうか。有無を言わさず、夏輝はずんずん進む。構外に出る。未だ、パトカーの赤色灯は忙しなく回り続けている。

「晴太、手伝え」

夏輝は歩道と道路の境界にある植え込みにあろうことか身体を突っ込み始めた。「早くしろ！」

集まった野次馬の目など気にもせず、夏輝は必死に手を伸ばしてる。

「な、何してんだよ！」

「訳は後で話す。とにかくあるはずなんだ、携帯電話が！」

け、携帯電話？　なにがどう繋がればそう結論付けられるというのだ。さっぱり分からなかったが、夏輝に分かっているならばそれでいい。僕も身体ごと覆い被さるように右腕を突っ込んだ。

無数の小枝が露出した肌に刺さって激痛が走る。しかし、四の五の言っていられない。一刻の猶予も残されていないと思え。そう自分に言い聞かせた。

血だらけになりながら少し、手に確かな感触があった。

「あったよ、夏輝！」

手を引き抜いてみると、間違いなく水浸しになったスマホだった。夏輝の言う通り本当にあった。

「でかしたぞ、晴太！　よし、最後の仕上げだ。ついてこい！」

こうなったら最後まで付き合ってやろうじゃないの。

◇

「おい、本当に出てくるのかよ、夏輝」

待ち伏せすること三十分。さすがに不安になり、夏輝に懐疑的な質問を投げる。当の夏輝は大真面目に構えている。そろそろ腕の傷の痛みが洒落《しゃれ》にならなくなってきた。差すような痛みが冷静な思考を鈍らせる。

煌々《こうこう》と辺りを照らす街灯は、夜の闇に一段と光っている。

「おい、来たぞ！」

開くはずのない自動ドアが開き、中から現れるはずのない人物が出てきた。ライダースジャケットを着ている。間違いない。

「岸本くん！」

二人して駆け寄った。しかし、でもどうして岸本くんがこんなところから。

「おい、大輔。猫は無事か!?」

岸本くんは目をきょろきょろさせて軽いパニック状態に陥っているらしい。

「ど、どうしてそれを？　ていうか、うわ！　すごい血じゃないですか、大丈夫ですか二人とも!」

「答えろ、無事だったのか!?」

夏輝の真に迫る口調に気圧《けお》されたのか、岸本くんは二度三度、コクコクと頷き返した。

「授業で学んだ知識が役に立ちました。応急処置が適切だったみたいで」

夏輝は胸をなでおろし、大きく息をついた。そして岸本くんの背中を思い切り叩いた。

「よくやったな、大輔!」

なんだというのだろう。まるで状況が呑み込めない。

「あのー、夏輝?」

「なんだよ」

「そろそろ真相を教えてほしいんだけど」

これじゃ蚊帳の外だ。

「ああ、そうか。そうだったな」

そうだったなじゃないでしょうが。こっちは何が何だか分からないのだから、順を追って説明してもらわないと困るってんだ。

岸本くんが出てきたのは当大学の獣医学部に併設された附属動物病院だった。何かの冗談かと思ったら本当に岸本くんが出てきたので吃驚《びっくり》仰天とはまさにこのことである。

「どこから話したもんか。そうだな、まずヒントになったのは時間だよ」

「時間？　僕が教えた、あの？」

「そうだ、お前が大輔に寝落ちしていたところを起こされ、大輔を見送ったのが午後五時のこと。更に、大輔は立ち去り際、『あと一時間で降灰が始まる』という旨の発言をしたんだよな？　合ってるか？」

僕と岸本くんが交互に首肯する。

「それで、俺と晴太が合流し、スーパーの買い出しに行った際、大輔のサボり疑惑の話を亜子から聞くという流れになる。すぐに飛び出して、車に乗り込んだのが六時十分。大学に到着したのが六時十三分。その頃には交通事故の現場にはパトカーが停まり、レッカー車による移動が始まっていた。俺は、この事故は降灰によるスリップが原因と考えていたんだが、それが大きな間違いだった」

僕は首をひねった。

「何もおかしなところはなさそうなもんだけど」

「それが大ありだ。いいか？　大輔の発言を思い出してみろ。午後五時時点で降灰が始まる一時間前だったんだ。とすると、実際に灰が降り始めるのは午後六時頃。大輔のことだ。経験則ではなく、きちんと降灰情報を見ての発言だろう」

夏輝は岸本くんの方を向き同意を求めた。

「確かにそうです。桜島が噴火した直後に慌てて携帯で予報を見ていました」

「だとしたら、やっぱり俺たちが見たあの事故現場の状況は不可解なんだよ。パトカーが現場に到着する平均時間は十分を切る。対してレッカー車の場合、ある程度の誤差はあるが平均して三十分から五十分は掛かるはずだ。どんなに最短で来れたとしても、午後六時十三分の時点で午後六時の降灰以降に起きた事故の現場に到着してレッカー移動を始めてるなんておかしいんだよ」

僕もさっきの夏輝みたいに指折り数えながら話を聞く。確かに、彼の推理には蓋然性がある。

「だとすれば、事故の原因は別にあるはずだ。しかし、大学前の道路は大通りで道幅も広い。追突事故でもなかったし、単独でガードレールに突っ込んでいた。そこでこう考えた。何かを避《よ》けた結果ではないかと」

夏輝の手によって事件の真相が明らかになっていく。夏輝は息継ぎをすると、すぐに言葉を紡ぐ。まるで、誰にも発言をさせたくないみたいに。

「ヒントになったのは上曽山さんの例の取っ組み合いだ。あのおっさん、猫に餌付けしてただろう。そこでピンときた」

「そうか、乗用車が避けたのは餌付けされて数が増え、急に車道に飛び出した猫！」

僕の発言に夏輝はオーケーサインを作る。

「そういうことだ。その乗用車が、もし猫を避けきれずに負傷させてしまっていたら。

そして、もしそれを家に帰る途中の大輔が目撃してしまったとしたら？　危険を覚悟で道路に飛び出して必死に救おうとするはずだ。バイクの乱暴な切り返しの弾みで、携帯電話が植え込みに突っ込んでしまい連絡も取れない。そういう状況もあり得るんじゃないかと思ったまでだ」

夏輝はそこまで一気に捲《まく》し立ててから岸本くんの両肩に手を置いた。

「大輔、今の推理に間違いはないよな？」

夏輝はほとんど睥睨《へいげい》するような勢いで岸本くんに顔を近づけた。かわいそうな岸本くんはイエスかハイか喜んでしか言えない状況まで追い込まれてしまっている。

「ま、間違いはありません」

夏輝はニヤリと笑った。

「よし、言ったな。逃がさねえからな。ほら、出頭するぞ」

突然、岸本くんの手を引き歩き出すものだから、当の僕は挙措を失うほかない。

「おい、夏輝。出頭ってどういうことだよ、警察なんて御免だぞ」

夏輝は言葉を失ったのか、やれやれという風に頭をバリバリと掻きむしった。

「スーパーに決まってんだろ、スーパーに！　こいつ、こうでもしねえと先輩方に迷惑はかけられないとかなんとか言って罪を被っちまうだろ、どうせ」

あ、確かにそうかもしれない。

「そうか、だから発言の余地を与えないくらいのべつ幕なしに推理を」

少しも反論させず、岸本くんに事実を認めさせる作戦だったわけか。そして、このまま岸本くんを連行して洗いざらい事実を話せば、スーパーの皆も納得してくれるというわけか。

夏輝の描いた青写真の凄まじさに僕は驚愕《きょうがく》するほかなかった。

こいつは、ただ単純に岸本くんの居場所を探り当てただけではない。岸本くんをどうすれば従業員の誤解から解き放ち、安心して働き続けられるのかまでを考え、そして考え得る最高の形で真相解明を実現させたのである。

「おい、大輔。随分汚れちまったが、ご自慢のバイクも一緒に押して来い。何回も言うが逃がさねえからな」

最後まで岸本くんを脅しながら、三人でスーパーまでの道をとぼとぼと歩いた。

◇

「まさか、そんなことが」

木佐貫さんや西牟田さんを始め、閉店後に集まった多くの従業員の前で、夏輝は事の顚末を語って聞かせた。夏輝が提示した、水浸しで壊れた岸本くんの携帯電話、灰雨を被って、もはや昨日までの新車同様の輝きを一切失ってしまった岸本くんのバイク。そして、灰雨に晒《さら》され全身真っ黒になった僕と夏輝。おまけに、植え込みに手を突っ込みまくったせいで血だらけのボロボロときている。

捜査の過程で得たこれらの品々も、夏輝の推理の説得力を増す結果となっていた。夏輝の威風堂々たる推理演説を聞いた後で、従業員は口々に、

「なんだよ、岸本。そういうことか」

「すまん、正直疑ってたよ」

「お前、いいところあるじゃないか。さすが獣医の卵！」

確かそんな風な言葉を岸本くんにかけていた。岸本くんは今にも泣きそうな表情で夏輝と僕に謝り続けている。スーパーを目指して歩いているときからずっとこの調子で正直参っているのだ。

「なんとか言ってやってくださいよ、木佐貫さん」

僕は木佐貫さんにウィンクした。どうも、この場を収められるのは彼をおいて他にいないらしい。岸本くんに、命に干渉するとは何たるかを最初に教えた、この人しか。

木佐貫さんの温かい南国鹿児島の訛りは、自然聞く者に安心感を与えてくれる。

「おい、岸本。なに泣いてんだよ、顔上げろ」

泣きはらした目の岸本くんはいつかの再現を見ているかのようだ。しかし、たった一

つ違うことがあった。

「猫の応急処置は独学か？　それとも思いつきか？」

岸本くんはしゃくりあげながらも何とか言葉を絞り出す。

「だ、大学の講義でっ、学びましたっ」

しゃっくりが止まっていない。こういうときは話そうと口を開けば、抑えていた感情が一気に噴き出すものである。木佐貫さんは思い切り岸本くんの頭を撫でまわした。

「そうか、そうか。よくやったな、岸本。それが学問を修めるということだ。それが正しく命を救うということだ！」

気のせいでなければ、木佐貫さんの目も潤んでいるように見えた。

夏輝が肩を叩く。これ以上、ここにいるのはお邪魔だろう。静かに立ち去る僕らに西牟田さんが深々と頭を下げるのが見えた。

春先、岸本くんが観察に熱を上げたあのセキレイの巣に、親鳥は帰ってこなかった。親鳥は死んでいたのである。自然界の掟《おきて》の厳しさに獣医の卵は涙した。あの時、救えなかった命があり、そして今日救えた命もある。今度は正しいやり方で。夏輝と木佐貫さんのあの時の教えは、岸本くんの中に大きく根付いていたようである。

幕間劇　その参

案外とサンデードライバーでも遠出できるもんだ。

南九州市頴娃町《えいちょう》。鹿児島市内から車で一時間。指宿《いぶすき》市と枕崎《まくらざき》市のちょうど中間地点に僕はいた。

己の命運を武運の神に委ねてみようと思い立ち、来週から前期試験が始まるというのに何を血迷ったのか、レンタカーを借りて一人、車を走らせたのだから正気の沙汰ではない。レンタカーを借りるなど免許取り立ての一年生以来だったけれど、夏輝の車を毎週のように運転している成果だろうか、長旅もあの時ほど苦には感じなかった。

遠出のドライブといえば、大自然の中を開放的な気分でゆったりと、なんて思うかもしれないが、僕が走っていたのは、瓦屋根の家々が立ち並ぶ住宅街と思《おぼ》しき道だった。ナビはしっかりと目的地を指示しているのだけれど、本当にこんなところに目指す場所はあるのだろうかと不安になる。しかしながら、己の勘のみに頼って土地鑑のない地を運転するというのは自殺行為も甚だしいため、やはりナビを信じるほかないわけである。

大通りから一本中に入った道を指示通りに進んでいると、唐突にひらけた空き地が出現した。入り口には「参拝者駐車場」なる看板が掲げられていた。どうやら到着のようだ。杭《くい》を埋め込んでロープで仕切った簡易的な駐車スペースに車を滑らせて外へ出る。田舎特有の澄んだ空気が、悩み疲れた身に染みる。人通りも少なく、時間がゆっくりと流れているような気がする。鹿児島市内の急速なる繁栄とは趣を異にする別世界。けれど、真夏の太陽だけは、場所を問わず平等に灼熱を地上へと注ぎ続ける。汗がたらりと首筋を伝う。

とにかく一刻も早く海沿いに出たい。潮風の吹く方向へと歩を進ませる。勾配のある道を重力に任せ、下っていく。五分とせぬうちに道の向こうに朱鮮やかな鳥居が構えているのが見えた。ようやく目的の場所に辿りつけた。

訪れたのは、目と鼻の先に茫洋《ぼうよう》たる東シナ海を臨む射楯《いたて》兵主《つわものぬし》神社。鹿児島県人に伝わりやすいよう換言すれば釜蓋《かまふた》神社である。赤々とした鳥居をくぐれば、眼前には磯《いそ》の香り漂う海が見える。境内へ続くコンクリート舗装された道の両脇には、鳥居と同じく赤い柵が、延々続いている。

この地を訪れたきっかけは、「どうしても自分の勝負運を試してみたい。なにか運気の上がる場所は知らないか」と二木くんに相談したことに端を発する。

オカルト好きの二木くんは、神社仏閣、パワースポットの類に至るまで造詣が深い。日夜行うオカルト研究で得た知識に加え、文学部の中でも日本史コースに所属してることも彼の知識の深さに拍車をかけていた。

二木くんは話を聞くや、待ってましたとばかり飛び上がり、惜しげもなく情報を提供してくれたのだった。

「飲み仲間兼、学部を等しくする学友の晴れ晴れしい未来を僕は願っているよ」

終《しま》いには、エールまで送ってくれた二木くん。どうも、彼は大いなる勘違いをしているようだったのだけれど、ぴったりの場所も見つかったことだし良しとして、特に訂正もしなかった。僕が欲しかったのは恋愛成就に導くパワーではまったくもってなかったのだけれど。

戦前より武運長久を願う場所として知られるこの釜蓋神社は、その筋にはなかなかに有名な場所らしく、多くのオリンピアンが訪れたことで知られているとは二木くんの弁だ。

それだけ名の売れた場所であるにもかかわらず、辿りついた社は意外にもこぢんまりとしていた。入り江の岩礁に建てられた社殿は色鮮やかな朱色で塗装され華やかさを感じるものの、例えば霧島《きりしま》神社のような気圧されるような感じはない。しかし、そんな社が岩礁と海に囲まれた風景の一画にぽつねんと現れ、存在している様は、別の意味で底知れぬ力を感じるのもまた確かである。

小さな鳥居をくぐり、いざ境内へ。大きな釜蓋のオブジェが僕を出迎える。時の天智《てんじ》天皇を接待しようと米を炊いていると、突風が吹き、釜の蓋が飛んでいってしまった。はるか彼方から飛来した釜蓋を当地の人々が拾い、神として祀《まつ》り始めたのが釜蓋神社という別称の由来であると案内板に書かれていた。

境内に入って正面右手には、どうぞおみくじを結んでくださいとばかり、ハートを模したモニュメントがでかでかと鎮座している。僕は溜息を一つ。僕は何もここに恋の成就を願いに来たわけではないのである。

そういう淡い段階はとうの昔に過ぎていると踏んでいた。言うなれば、これは戦いなのだ。僕が僕であり続けるための。そうであるならば、恋愛成就の神に頼るより、御祭神に武の神スサノオノミコトを祀る、この場所を訪れるのが最適な選択だろう。八百《やお》万《よろず》の神々が全国各地に存在する神国日本。信じるべき神は、人により相異なる。

神頼みだなんて、らしくないなと自分でも思う。もしかすると、このときの僕は、ただ神に祈ったという既成事実が欲しかっただけなのかもしれない。尽くすべき人事がもう残っていないからこその天命頼み。

南東を見やる。南国富士と呼ばれる開聞岳《かいもんだけ》が荘厳にそびえている。とにかく思いつきとはいえここまで来たのだ。自分自身の武運を祈ろうではないか。

釜蓋投げという運試しがある。伝説にちなみ、「釜蓋粘土」と呼ばれる小さな小さな素焼きを眼下の岩場に設けられた釜に投げ入れるというものだ。

岩場まではなかなかの距離があり、常に海風が吹く条件下。購入できる釜蓋は二つ。すなわちチャンスは二回のみ。僕の他にも参拝客は何人かいたけれど、いずれも楽しそうな掛け声とともに投げ、そして狙い外れて釜蓋は明後日《あさって》の方向へと飛んでいってしまっていた。そんな和気藹々《わきあいあい》とした参拝客を尻目に、僕は神妙な面持ちで黙然と、釜蓋を握りしめた右こぶしを見つめていた。

このままでいいはずがない。

清田先輩に突き放されたあの夜から、心の根っこで思い続けてきたことだ。いつだってそうだった。あの人に認めてもらおうと思って夏輝と出会った。あの人を振り向かせたいと思って粉骨砕身した。最終的にその思いは夏輝に向いていたけれど、彼女を思う気持ちが潰えたことはただの一度もないはずだ。

何ができるというのだ。答えはまだ出ていない。行動に移せないだけ。

ならば武運を。

釜蓋投げで運試しといこうではないか。成功すれば、開運・開拓の未来が待っている。具体的にどういう形で開運が実現するのかいささか判然としなかったけれど、遠路はるばるここまで来たのだ。成功せず帰るわけにもいかないだろう。

僕は眼下を睨み、目標を見定めた。

一投目、風の煽りに負けぬよう、渾身《こんしん》の力で釜へと放り投げる。けれど、球技の経験のない僕のコントロールなどたかが知れている。先刻の参拝者とあまり変わらない軌道で、鍋蓋は大きく逸《そ》れ、岩肌に衝突し粉々になった。

ううむ、これはなかなかどうして難関である。残り一つとなった釜蓋を見つめる。所詮はこの程度なのかしら。

ならば、いっそ風に任せてみるのも悪くはない。僕の運命はどこへ流れていくのかを追うのもまた一興ではないか。

ええいままよ。己の運命を風に委ねて、今度はふわりと釜蓋を投げた。明後日の方向へ飛んでいく釜蓋。自嘲気味に笑う。最後の最後、奥の手は神頼み。見事に失敗。お疲れ様でした。

そんなしみったれた思いが黒雲が立ちこめるがごとく去来した、まさにそのときだった。

釜蓋神社の伝説よろしく突風が吹いた。猛烈な横風を受けた釜蓋は、大きく軌道を修正する。ふらりふらりと風に煽られながら、まっすぐに眼下の釜へと落ちていく。そして、見事な着地を見せたのだった。そんな、まさか。

「神風が吹いた……」

僕は偶然にしてはあまりにもできすぎた出来事に思わず唇を嚙みしめた。こうなると人間、現金なもので、諦めかけた暗い思考に一条の光が差し込んだ。

僕はくるりと踵を返すと、開聞岳を望む絶景スポット「希望の岬」にすら立ち寄らず、帰路についた。

もしかしたら、なにかとんでもないチャンスが巡ってくるのかもしれない。そんな予感がした。ハンドルを握りしめて独りごちる。

「だって、神風は二度吹くのだから」

第四幕

　試験期間が迫ってきた。全ての大学生にとって単位取得のかかった勝負の五日間。さっそく大学当局から学務ウェブメールにて、近隣のファミレスでの勉学は厳に慎むようにとのお達しがきた。それも前の週の土曜日に。準備の早いことで何よりである。

　ポケットに携帯電話を滑り込ませると買い物を続ける。今日は久しぶりに夏輝宅での宅飲みである。しかも、最近にしては珍しくサシで飲もうということらしい。さしずめ明後日からの試験週間に向けての決起集会といったところか。僕は、夏輝に渡されたメモを凝視する。

【不足食材リスト】
アカエビ（有頭）
スカンピ（なければバナメイエビでも可）
ブラックタイガー

イカ（できればヤリイカまるごと）
ムール貝
赤ピーマン（なければ赤パプリカでも可）
トマト
ホワイトマッシュルーム
ホールトマト
バゲット
生ハム
白ワインビネガー
パプリカパウダー
……ｅｔｃ．

まじまじと見つめた後で、ちょっとした違和感を覚えた。はて、これはどんな料理のためだろうかと思ったところで、背後から声を掛けられた。

「先輩、お困りですか？」

臙脂《えんじ》のエプロンがすっかり堂に入った感じの岸本くんが立っていた。

「あ！　初心者マークがなくなってる！」

名札にあった初々しい若葉マーク。岸本くんのトレードマークだったのだが、いつのまにやらである。岸本くんは照れたように頰を緩ませる。

「試用期間が終わったので。それもこれも、先輩方のおかげです」

言い終わるや、ずいと寄ってきて、僕の七分袖をまくった。

「僕のために、こんなに深い傷を残させることになってしまい本当に申し訳ありません」

岸本くんは平身低頭である。なんだかこっちがいたたまれなくなった。

岸本くんのテンションを見れば、一生の傷でも残ったのかしらと邪推する人がいるやもしれないが、単なるかすり傷である。それに、わざわざ七分袖を着ているのはそれを隠すためなのだけど、岸本くんには通じない。まあ、こういうところが先輩としては可愛いわけで。

「随分汚れちゃったけど、その後のバイクの調子はどう？」

「ああ、あれですか。もちろんピカピカに洗車しましたよ」

ドンと胸を張る。

「へえ、じゃあ、また火山灰と雨を気にして大事に乗らなきゃね」

「いえ、もうそういうの気にしないことにしたんです」

岸本くんはあっけらかんとしている。

だって、あれだけ溺愛していたのに。どういう気の変わりようかしら。

「なんか大事にするっていうのを履き違えていたというか。ショーウィンドウに並んでいた頃とまるで変わらない姿って相棒とは呼べないなって思って。いつだって、どんなときだって一緒にいるのが本当に大切に扱うってことなんじゃないかなって」

思わず口笛を吹いてしまった。確かに、それまでの岸本くんはバイクに乗るというよりは乗らされているというか腫物を触るみたいに扱っていた印象があったのだ。

時が変われば、思いも変わる。それが成長というものだ。

「ああ、すいません。呼び止めちゃって。夏輝さんの買い物ですよね？」

言いながら手を差し伸べる。どうやらメモを渡してくれということらしい。遠慮なくお渡しする。

「ふむふむ」

唇の辺りに折り曲げた人差し指を当て、なにやら考える岸本くん。どうしたんだろう。いつもなら驚くべき手際の良さで案内してくれるはずなのだけど。

「いやあ、懐かしいなあ」

懐かしい？　なにが？

ぽかんとして固まっている僕に岸本くんが続ける。

「え？」

「ほら、これ。僕と小金井先輩と夏輝先輩が初めて出会ったときに買ってたものですよ、ほら！」

「ああ！　確かにそうだ。思い出した」

ということは、今日のメインはアレだな。胸が躍る。買い物を済ませ足早に店を去ろうとすると木佐貫さんが飛んできて、よせばいいのに割引券を押し付けてきた。先日の岸本くんの一件のお礼だという。思いっきりレジから西牟田さんの白い目が飛んでいたのは言うまでもない。

◇

「おら、できたぞ。メインのパエリアだ！」

「よっしゃああ！」

春先、あれだけサシで飲んでいたというのに、ここにきて二人きりとなるとなんだか寂しささえ感じる。かくのごとく人間という生き物は群れたがる動物なのかと悟った。

フライパンの上には、これでもかと魚介が盛られている。黄金色に炊き上がった米との色彩のコントラストが何とも美しい。一口食べると、もうだめだ。勢いスプーンが止まらない事態に陥ってしまう。

ニンニクスープのソパ・デ・アホに、エビとマッシュルームのアヒージョ。酒に合わないわけがない。

夏輝入魂の香ばしいスペイン料理を食べ、ビールで火照った喉を潤す。また食べ、潤す。その様は永久機関もかくやと思われた。

いい感じに酔いが回って来た頃、思ったことを口にしてみる。

「珍しいね、夏輝が同じ料理をまた作るなんてさ」

僕の記憶が正しければ、今日を除いて他に一度たりともなかったような気がする。それはある種、おもてなし精神が溢れすぎる夏輝の、料理人としてのこだわりとさえ思っていたのだけれど。

「ああ、上曽山さんにこの前、言われたんだよ。料理は作るたびに味が微妙に変わっていくんだとよ。最初の俺と今日の俺。成長を感じたくてな」

気恥ずかしそうにビールを呷っている。焼酎じゃないのは今日が土曜日だからか。

「明日はまた早いんだろ？」

「まあな、今回は姶良《あいら》の児童養護施設まで行ってくる。ちょうど、学期が変わる時期で、教育学部から色々と寄贈してもらえたしな」

「喜んでくれるといいね」

無償の愛に心からの乾杯を。しばしの沈黙が流れた。忘れていた。二人で飲んでいた頃は、よくこんな静かな時間が訪れていたっけ。なんでも言い合える気心知れた仲だからこそ、重荷にならない心地よい沈黙。

「あ、あのよ。晴太」

不意に夏輝がぶっきらぼうに話しかけてきた。思い出深い料理を食べたからって、喋り方まで昔に戻らなくともよかろうに。ゴツい男がやたらともじもじするものだから、甚だ気味が悪い。

「どうしたの?」

仕方なく反応してやる。して、改まってどうしたというのだろうか。

「俺、十万貯めたんだ」

僕は昭和のギャグよろしくずっこけそうになった。引っ張ってそれかよ。しかし、本心で突っ込むとどうせ拗ねるに違いないから顔には出さない。

それにこいつが言ってほしいことはだいたい分かる。金額に驚けとかそういう意味ではないのだと思う。

「なあ、夏輝。そろそろ使い道くらい教えろよ」

今まで頑《かたく》なに黙っていたのは今日のためか。内緒にしておくなんて水臭い。十万という金額に驚きはしないけれど、あの交通量調査を除けば、九万円をこの夏輝が一人で稼いだことの方が価値がある。

夏輝は大真面目な顔を作ると、その口を開いた。

「もうすぐ夏季休暇だろ？　どこかで東京に帰省しようと思ってんだ」

ビールを持つ手が止まった。今、なんて？

「だからよ、東京に帰省してお袋の顔でも拝んでやろうかなって言ってんの」

聞き間違いじゃないらしい。ビール缶を置き、夏輝に飛びついた。

「よく言った！　よく言ったぞ、夏輝！」

「やめろって気持ち悪い！」

どこに需要があるのかも分からない男二人のくんずほぐれつを二人きりの部屋で演じたあとで、夏輝は照れくさそうに言った。

「上曽山さん見てるとよ、なんか懐かしい気持ちになるんだよな。もちろん似ても似つかねえんだけど、真実を知る前の母親の姿がよ。それに、上曽山さんも言ってたしな。いつ、誰に、どんなことが起きるか分からないってな。何かあったときに、顔を見せなかったからって祟られてもかなわんしな」

最後に縁起でもないことを言うのは、こいつなりの照れ隠しなんだろう。

「なんか、それ聞けたら安心して眠たくなっちゃったよ。今日は早めに帰るとするよ」

やおら立ち上がると、僕は夏輝宅を後にした。

◇

試験期間が始まって早くも三日目に突入していた。試験とは、あれこれと事前準備する期間がしんどいのであって、いざ始まってしまえば、存外あっさりと過ぎ去って行くものだと最近知った。ゼミに所属する前は、一夜漬けが当たり前だったたっけ。

しかし、三年目にもなって未だに慣れないのは、テストの得点が一〇〇％の講義である。出席点をつけず、十六回目の講義で行われる百点満点のテスト一つで学期の単位修得の可否が決定するのである。出席点を含まないというのがミソで、ずぼらな学生は出席もほどほどにテストを受けるのだが、経験則上、この手のテストは一度でも欠席してしまえば最後。連続性のある講義の途中にぽっかりと穴があくようなものだから、以降の講義を受けてもちんぷんかんぷんという状態に陥るという空恐ろしいトラップが設けられている。

今期の僕で言えば東洋史学の鬼塚先生の講義がそれだ。テストはやはり通称「鬼のオニヅカ」と恐れられる通りの難度を誇っていた。単位が取れるかどうかはまさに神のみぞ知るである。

講義棟からは各教室でのテストを終えた学生たちが清々しい表情で出てくる。中にはまだ折り返し日であるというのに、早々サマーナイトの話題を出して浮かれている者もいた。

サマーナイトとは、鹿児島市内最大の花火大会のことで、毎年八月中旬、錦江湾《きんこうわん》に一万五千発もの花火が打ち上げられる一大イベントである。

錦江湾での花火大会ではあるが、甲突川に掛かる橋からも眺めることができ、街並みを背景に見上げる花火もそれはまたオツなものである。

さて、今日のテストは全て終わったし、さっさと帰宅して明日に備えるかと思い切り伸びをしたところで背中をトントンと叩かれた。誰だよ、人が気持ちよく家路につこうとしていたところに。振り返ると、血色の悪い男が精気なく立っていたため「ぎゃあ」と声を上げてしまった。おのれ妖怪とばかり構える。

「なんだよ、人を化け物みたいに」

そこにいたのは二木くんだった。普段から顔色が悪いくせに、試験勉強を徹夜でやろうとするもんだから、試験期間中は特殊メイクでもしているのかと思えるくらい凄まじい形相になるのが二木くんの常だった。

今日も相変わらず、だるだるのジーンズを腰にひっかけていた。

「ちょっと付き合ってくれないかな」

この手の誘いに碌《ろく》なものがないことくらい、薩摩を島津が治めていた頃から決まっている。僕は手をひらひらとして一度は断った。しかしながら、今日の二木くんはなかなかどうして強引だ。

「水臭いこと言うなよ、なあなあ」

と掴んだ手を離さず、子泣き爺《じじい》みたいに喚《わめ》き散らすものだから手に負えない。

周囲の白い目に耐えながら、まんまと二木くんのペースに巻き込まれてしまった。

「こっちだよ」

二木くんが自らの研究室へと案内してくれたのでほっとした。旧サークル棟が見えてきたのなら何がなんでも振り切ってやろうと固く誓っていたところだ。

二木くんの所属する日本史ゼミは、我が近代文学ゼミの一フロア上階にあたる。慣れた手つきで二木くんが暗証番号を入力し、ドアを開ける。

「失礼します！」

二木くんは最敬礼で入場する。

「お邪魔します」

おそるおそる顔を入れてみる。部屋の構造は我が近代文学ゼミの研究室とそう大差ないように思われた。長机が二台合わせてあり、無造作に並ぶパイプ椅子。椅子には西田さんが腰かけていて、据え置きのパソコンが二台。部屋の両サイドは天井まで届く本棚となっている。あれ？　僕、今なにか見逃さなかったっけ？

「小金井くん！」

「西牟田さん！」

気のせいではなかった。あまりにも違和感なく溶け込んでいるもんだから気付かなかった。今日は珍しくワンピースを着ているな、と思ったらしっかりキャップを被っているあたり信念は曲げないといった感じだ。

「揃ったわね」

研究室最奥に座っていた女性がこちらに向き直り立ち上がった。誰だろう、見慣れない顔だ。ややキツめの目元にまず視線がいく。そして、次に栗色の巻髪に。すらりとしたスタイルの良い女性で、顔立ちの派手さをボルドーのニットがシックに抑え込んでいる。そんな印象だった。

「修士一年の成実梓先輩だ」

二木くんが口早に呟く。成実梓。どこかで聞き覚えがあると思ったら、清田先輩の友人のあの成実梓先輩か。

「小金井くん、西牟田さん。忙しいときにごめんなさい。君たちを呼びだしたのには訳があるの。ちょっと見てもらいたい映像があるんだけどね」

そう言うとノートパソコンの画面をこちらに向けた。

「これは私がＴＡとして学習補助にあたっている映像制作の授業で作られた映像なの。

君たちも去年、受けたんじゃない？」

そういえば、あったようななかったような。

「三年生でのコース選択を控えた二年生が受講する必修授業で、各コースの分野の学習をグループに分かれて行い、コース選択の参考にするという趣旨の講義ですよね。グループワークが楽しかったので、よく覚えています」

西牟田さんの言にぽんと手を打つ。あったあった、そんな授業。

「今現在は、情報メディア系の講義を行っていてね。最終課題としてグループごとに鹿児島の魅力を伝える映像作品を制作し、提出。講義最終日は各グループの作品を持ち寄っての上映会という流れだったのよ」

「それがつい昨日のこと」

二木くんが補足した。

「問題の映像はこれなんだけど。ちょっと見てくれる？」

成実先輩がマウスをクリックし、映像が再生され始めた。

一時の間、映像に集中する。何のことはない、二年生が頑張った手作り感満載の微笑ましい映像という感想ぐらいしか浮かんでこない。趣旨としては、薩摩の歴史に迫るという名目の映像作品であり、市内各所に点在する銅像にスポットを当て、街歩きと歴史探訪を兼ねるという内容である。

およそ五分の上映が終わる。

「これのどこが問題だって言うんですか？」

不思議そうに西牟田さんが問う。

「分からないのね。そしたら、これはどう？」

思惑が外れたのか成実先輩が今度はチャプター再生機能を使って補足してくれた。

「問題の映像はこれよ」

示されたのは、途中に写真スライドとして登場した鹿児島中央駅前の「若き薩摩の群像」像に切り替わった瞬間だった。鹿児島在住者なら、ああそれ見たことあるぐらいの感想しか抱かなそうななんの変哲もない写真である。

「ああそれ見たことある」

ほらね、西牟田さんだ。

「やっぱ分からないわよねえ」

成実先輩は当てが外れたのか天を仰いだ。さっぱり分からない。

「こっちは突然、連れてこられて訳が分からないんですよ。理由くらい教えてくれませんかね」

少し苛立《いらだ》った口調で僕が言う。成実先輩は髪を掻きあげた。

「気分を害したのなら謝るわ。ただ、何の先入観も持たずに見てほしかったのよ」

「どうして、その必要が？」

「あなたたちと深い関わりのある人物が関係しているからよ」

「それは、まさか……」

咽喉がゴクリと鳴る。

「清田……」

四者同じ名字を口にする。

「夏輝!!!」

「小春！」

ちょっとズレた。

成実先輩が挙げた人物は、なんと清田先輩だったのである。

「き、清田先輩と何か関係があるんですか？　この映像」

まともにその名を口にして気が動転してしまう。

「それが大ありなんだ」

二木くんは神妙な表情で頷く。

「実はね、私と小春は同じTAのバイトをしているのよ。当然、この講義にも私と小春、揃ってアシスタントとして参加していたの。グループワークが中心となる講義の形態上、TA一人につき一グループを担当するという割り振りになったわ」

昨年、まったく同じ授業を受講しているのでイメージしやすい。先輩方に色々と教えてもらったのを覚えている。

「小春も、発想力の豊かな下級生にかなり肩入れし、熱心に映像制作を手伝っていたんだよ。映像制作のテキストまで買って独学でね」

「さっすが『かぐや様』。徹底してるなあ」

西牟田さんが感心したように唸る。

「先ほどのスライドの写真を切り取ったものがこれよ」

パソコン上に先ほど見た「若き薩摩の群像」像が画面いっぱいに映し出される。

「次にこちらの『若き薩摩の群像』像の写真を見て」

同様に、別の者が撮影したと思しき「若き薩摩の群像」像の写真が映し出された。

成実先輩は交互にクリックし、二つの画像を見比べさせた。

「なにか気付いたことは？」

そう言われてもなあ。西牟田さんと二人、ぐにゃりと首を曲げる。あるとすれば画角の違いくらいで同じ場所の同じ風景を切り取ったものにしか見えなかったというのが正直な感想である。なので、そのまま正直に伝えてみると、成実先輩は眉根を寄せた。

すみませんね、役に立てなくて。

「あなたたちが何も感じなかったように、映像を見ている学生たちも、同グループのメンバーすらも何も思わなかった。ただ一人を除いては、ね」

やけに含みを持たせて成実先輩が鼻を鳴らした。

「グループのリーダー格が、今見せた『若き薩摩の群像』像の写真を見てショックを受けたのよ」

「え、なんで？」

西牟田さんだ。成実先輩がようやく答えを教えてくれた。

「『若き薩摩の群像』像は、元々は十七人の薩摩藩英国使節団をたたえる像だったの。だから、当然銅像も十七体作られて配置されていた」

「いた？」

過去形なことにすぐさま反応する。成実先輩は大きく頷いた。

「そうよ、これは過去の話」

「史実を辿れば、使節団は十九人いたのにもかかわらず、だ」二木くんが補足する。

「なんでよ！　弾かれた二人がかわいそうじゃない！」

西牟田さんが自分のことのように憤慨し、地団太を踏んだ。

「後の文献史料で明らかになったとかですか？」

「いや、元々それは史実として明らかだったの。堀孝之《ほりたかゆき》・高見弥一《たかみやいち》が使節団の一員であったことは、銅像が建立された当時から明らかだったわ」

「そんなの差別じゃない！」

西牟田さんの怒りはボルテージを増していく。

「現に、建立当初、問題にもなったらしいわ」

「けど、なんでよりによってその二人だけが除《の》け者にされるなんてことが起きたのでしょうか？」

そもそも論だが、なぜそんなことが起こってしまったのか。壁に寄り掛かったままの二木くんが答えてくれた。

「二人は他藩から脱藩して薩摩藩へと入ったんだ。平たく言えば外様《とざま》だね」

「やっぱりそうじゃん！　差別じゃん！」

「と、今の西牟田さんのように像ができた当初から二人を外すのはおかしいと議論になっていたの。しかし！」

成実先輩が一瞬、言葉を切る。しかし？

「再び動きがあったのは去年の九月のことよ。長年、くすぶり続けた議論に終止符を打つかのごとく、晴れて二体の銅像が新たに『若き薩摩の群像』像に加わり、今現在は、史実通り十九体の銅像が鹿児島中央駅を行き交う人々を見守っているのよ」

「めでたし、めでたし」

「勝手に終わるな、小金井くん」

ピシャリと二木くんに言われてしまった。

「前置きが長くなったけれど、本題はここから。今の話を念頭に入れて、もう一度、映像で映し出された『若き薩摩の群像』像の写真を見てほしいのよ」

「あー!!」

僕と西牟田さんの声が重なった。しっかりと講義を受けてからだとよく分かる。

「像が十七体しかない!」

「そうなのよ。何者かが少なくとも二年以上前の写真に差し替えて、オリジナルの写真を削除してしまったのよ」

「リーダー格の学生は、当然そういった背景も踏まえたうえでその写真を使用していたから、差し替えに激怒。『誰かが差し替えた。作品の意図が変えられた』って騒ぎになっちゃったの」

話はよく分かった。分かりすぎるほどによく。

「で、結局、僕らはなぜここに?」

僕に構わず成実先輩は話を続けた。

「そして、今朝方、新たな動きがあったのよ。件の学生に謝罪を入れた人物がいたというね」

「その人物って……?」

「小春が万に一つもこんなことするわけがないの。必ず真犯人がいるはず。小春の名誉を傷つけた犯人を懲らしめてちょうだい」

麗しげな表情を僕らに向けて成実先輩が懇願してきた。

「小春なのよ、清田小春」

◇

「そこで画像、止めてください」

それから一時間経っても僕は日本史研究室を出ようとはしなかった。ついに僕は活路を見出したのだ。釜蓋神社で武運を願った御利益がかなったぞ！

清田先輩は今、不名誉な濡《ぬ》れ衣《ぎぬ》を着せられている。これは僕が引き受けなければならないのだ。僕が解決しなければならない。

迷い迷ってようやく転がり込んだ千載一遇のチャンスなのである。

「おい、小金井くん。もうそろそろ止めにしたらどうだ。才女西牟田さんは帰ったぞ。明日も試験なんだろ？」

「そういう君こそ、試験はいつも徹夜で乗り切るんだから、そろそろ帰った方が得策じゃないかい。二木くん」

「やめなさいよ、二人とも」

成実先輩が頭を抱えた。

僕は唯一の手がかりである映像作品から犯人の尻尾を摑んでやろうと躍起になっていた。

「成実先輩、ほんとにどーしても消されてしまったオリジナルの画像を復元することはできないんでしょうか？」

「何度も言ってるでしょ、それは無理な話なの」

ちぇ。それができれば話が早いのに。

なぜ、その写真を消し去る必要があったのか。おそらく、そこには犯人にとって都合の悪い何かが映し出されていたのだろう。学部二年生の中の特定の人物に見られてはいけない何かが。

僕は、清田先輩がそれを看破してなお犯人を庇《かば》ったのではないかと推察している。この仮説は正しいはずだった。あとは、決定的な証拠である。

「もう一度、最初からお願いします」

何度も何度も映像を再生し、そして僕はあるとっかかりに辿りついたのだった。

「先輩、ちょっと止めて！」

「なに？　なにか気付いた？」

例のスライドだ。写真ではグループメンバーが五代友厚《ごだいともあつ》像の前でポーズをとっている。

そのうちの一人の学生に目がいった。

「この女子学生は浴衣を着ていますが、これは撮影衣装でしょうか？」

成実先輩は小首を傾げる。

「いや、それにしては他のメンバーと統一感がない気もするけど」

「その前はどんな写真ですか？」

「はいよ」

成実先輩も慣れたもので、前のスライドを映す。そこにあったのは大久保利通《おおくぼとしみち》像。また同じようにグループメンバーの一部が写りこんでポーズを決めている。

「やっぱりそうだ！　ほら、この子！」

大久保利通像にも件の女子学生が写りこんでいた。しかし、五代友厚像のときとは異なることが一つだけあった。

「こっちでは洋服を着ているね」

成実先輩が独りごちる。ということは……。

「撮影日が違うってことだ！」

「なるほど、そういうことか。冴えてるね、小金井くん」

あともう少しだ。真実が目の前まで迫っている感覚は確かにあった。

「二木くん、教えて。五代友厚像ってどこにあるの？」

「天文館の更に先さ。鹿児島城跡のほど近く」

「じゃあ、大久保利通像は？」

「鹿児島中央駅のほど近くだね。それがどうしたの？」

着眼点ははっきりした。散らかった思考を整理する。

このスライドの素材の撮影は当初七月第二週の日曜日に行われる予定だったのだろう。撮影場所は鹿児島中央駅周辺。しかし、撮れ高が少なかったのか、はたまた欲が出たのかは分からないけれど、翌日、改めて、もっと遠くの銅像を撮りに行こうとなったのだろう。撮影場所は鹿児島城跡近郊。それが七月第二週の月曜日。

なぜ日にちまで指定できるのか。簡単な話だ。女子学生が浴衣姿だったのは「浴衣登校ＤＡＹ」に参加したその足で撮影に加わったからだ。

ということは、差し替えられたオリジナルの「若き薩摩の群像」像が撮影されたのは七月第二週日曜日。「浴衣登校ＤＡＹ」の前日ということになる。

その日は確か……。

突如、頭蓋を鈍器で殴られたような衝撃が走った。犯人が分かってしまった。

「おい、どうした小金井くん!!」

二木くんの静止を振り切り、僕は矢も盾もたまらず、研究室を飛び出していた。

◇

僕は犯人がいるであろう部屋の扉の前にいた。しみついたカビの臭気が嫌でも鼻につく。ノブに手を掛ける。施錠されていない扉は容易に開く。思惑通り、写真差し替え事件の犯人はそこにいた。

「清田先輩、探しましたよ」

先輩はいつもの指定席に座っていた。訪問者に向き直る。

「どうした、小金井三回生。勉強でもしに来たのか？」

「聞きましたよ、清田先輩。二年生の映像制作でスライドの写真を差し替えたんですって？」

清田先輩は相変わらず楚々として、あくまでも嫋《たお》やかな所作でこちらを見つめている。

「耳が早いな。私の不徳の致すところだ」

「なぜ成実先輩に本当のことを言わないんですか」

「成実？」先輩は怪訝な表情をした。

「別に嘘などついた覚えはないぞ。私は差し替えの犯人だと表明し、被害学生に謝罪も済ませた」

「違う、そうじゃない」

僕は大きく頭を振る。

「なぜ、成実先輩に差し替えた理由を喋らなかったのかって言ってるんですよ」

「何が言いたい？」

夕日の赤色が窓から差し込む。なんだか幻想的な雰囲気だけどまどわされてはいけない。

「先輩は見られたくなかったんでしょう。成実先輩にある姿を」

清田先輩の目が大きく見開いた。やはり、そうか。

「あの『若き薩摩の群像』像は例の学生団体のイベント『浴衣登校ＤＡＹ』前日、鹿児島中央駅前にて撮影されたものでした」

清田先輩は伏し目がちだ。先ほどまでの自信は、とうに逸してしまっているらしかった。

「先輩、ちなみに七月第二週の日曜日は誰とどこに行かれていましたか？」

「その聞き方なら、もう分かっているんだろう。姉の秋音に連れられて、薩摩川内市の入来麓武家屋敷群に行っていた」

「どうやって？」

「電車で、だ」

「どんな格好で？」

ここで先輩の言葉が詰まった。やはり僕の推理は見当違いではなかったらしい。

「先輩、言ってましたよね。姉が随分な大荷物を携えてやって来るって。生活空間を圧迫して困るって。そんなにかさばるものが果たしてちょっとした旅行での日用品にあるでしょうか？」

僕は矢継ぎ早に続ける。

「先輩はこうも言っていました。この暑い中に武家屋敷を着物を着て歩かされて恥ずかしかったと。僕は最初、現地でレンタルでもしたのかと思っていましたが、違ったようですね。秋音さんの私物だ」

清田先輩が静かに囁くように言った。

「怖かったんだ。私が友人についてしまった嘘がばれてしまうのが」

「やっぱり写っていたんですね、着物姿の先輩の姿が」

先輩は首肯した。

「私は浴衣を人前で着る趣味はないからとモデルを断った。その私が、悠々と人通りの多い鹿児島中央駅で浴衣を着て歩いている写真を見たら成実はどう思うだろうか」

「けれど、先輩。やっぱり理由は話さないとダメなんです」

「どうして？　私は罪の告白はしたはずだ」

やはり、夏輝も先輩もちょっと感覚がずれたところがある。大丈夫、今に始まったことじゃない。前々から勘付いていたことだ。

「先輩、知ってますか？　成実先輩が清田先輩が犯人な訳ないって息巻いて、いもしない真犯人を探し出そうとしていること」

「えっ？」

先輩ははっとしたような表情でこちらを見た。

「ちなみに僕も二時間ほど、その捜査に付き合わされました」

まあ、そんなことはどうでもいい。いたって些末《さまつ》な問題である。

「いいですか、先輩。友達というのはそういうものなんです。しっかりと説明をしてあげないと無実を信じて疑わないものなんです。隠し事をしてしまうと、それはもはや嘘だ。いつだって、友人は友人を信じて、味方でありたいと、寄り添ってあげたいと思うものだからです」

清田先輩は、男子からモテる。しかし、だからといって、そこに真の人間関係が生まれることはない。事実、春先彼女の尻を追いかけた不埒千万な野郎どもは、また別の女性の尻を追いかけているのだから。

彼女は、自身の脆弱《ぜいじやく》な交友関係に一人、悩んでいたのだ。だからこそ、唯一と言っていい成実先輩との繋がりだけは、何としても守り通さなければならなかった。

たとえそれが屈折した方法であっても、彼女はそれが真に真っ直《ます》ぐな方法だと、正攻法だと信じているのだろう。他に指摘する人がいないのだから。

「先輩、一緒に行きましょう。成実先輩もきっとまだ上にいます。さあ」

「どうして……？」

蚊の鳴くような声が漏れた。先輩は随分と憔悴《しょうすい》した様子で、顔色もあまりいいとは言えなかった。これは、あの夜の雰囲気に似ていた。嫌な記憶が鮮明さをもって蘇る。

「なんで、君はそんなに優しいのだ。私が突き放してもなお、なぜ私を助けてくれようとする」

その瞳からつつとこぼれた涙の滴があった。一体、どうしたというんだ。僕が、優しい？

「私は君がもう私を追わなくてもいいように、あの夜、突き放すようなことを言った。君はついぞ私の前に現れなくなったから成功したと思ったら、再び現れた。そして、今度は私を救おうとまでする」

混乱する頭を掻きむしる。

「失礼ですが、おっしゃっている意味がよく分かりません」

清田先輩は小さく、そして自嘲的に笑った。

「秋音が来た日のことだ。あの夜の宴席を覚えているか？　君と話しているとき、夏輝は私には見せたこともないような心の底からの笑顔を見せていた。清田家では見せない一面を発揮していた。引き出しているのは、全て君だった」

僕は黙して先輩の話に耳を傾ける。いつのまにやら、攻守が完全に交代してしまっている。

「あの日、あの時。あのフェニックスのたもとで君に思いを告げられ、君が次々と夏輝と、そして清田家との確執を振りほどいていたときから思っていたことだ。夏輝には君が必要なんだ。君は私を追いかけるべきではない。私と君が一緒にいれば、夏輝には寄り添えるものがいなくなってしまう」

なるほど、そういう考えか。やっぱりずれている。夏輝を自分の尺度で、十把一絡《ひとから》げに語りすぎだ。まあ、それも致し方ないことではあるが。

「ねえ、先輩。知ってますか？　夏輝ね、今バイトしてお金貯めてるんですよ。先日、目標金額が貯まったって喜んでましたよ。ほんの十万ちょっとだけど。笑っちゃいますよね」

今度は僕の番だ。

「なんのための十万円だか知ってますか？　夏休みに東京の実家に帰るための資金なんですって」

先輩は潤んだ眼をまるまるとさせている。

「その変化を引き出したのは僕じゃなく、ミチエさんっていうおばあちゃん学生だったりするんですよ。あいつをいい方向に導く人って一人じゃないんです。あいつは今や、共に支え合える強靭《きょうじん》な交友関係を築きつつあるんです。だから、僕といる時間が長いとか、短いとか、今はあんまり関係がないんですよ」

僕は清田先輩の前にすっくと立った。清田先輩には、成実先輩以外にも頼れる存在が必要だ。右手を差し伸べる。

「あの日の続きです。そして、新たな始まりです。先輩、まずは友達から始めてみませんか？」

先輩の白い手は、確かに僕の誘いに応じた。

◇

あの後、先輩は成実先輩のところへ自分から向かった。成実先輩が彼女を拒絶することは絶対にないだろう。だって、あれだけ信じて信じ通していたのだから。

見慣れた鉄扉をゆっくりと開ける。

「おう、晴太。どうした、タダメシでも食いに来たか？」

見慣れたこの部屋の主に今日ばかりは緊張してしまう。

「あのね、夏輝。話があって」

「立ち話もなんだ、入れよ」

通されるがままコタツ机の前に座す。夏輝と対面で座る。何度も何度も見てきた光景なのに、今日は上手く喋れない。

「あの、話っていうのは、その……」

気恥ずかしさからもじもじしてしまう。

「はっきり言え」

ええいままよ。清水の舞台から飛び下りたらあ！

「僕ね、清田先輩のことが好きなんだ。君のお姉さんの清田小春先輩のことが好きなんだ」

夏輝は溜息を一つ。

「知ってるっつーの」

「え？」

勢いよく夏輝は立ち上がり捲し立てた。まるで今まで我慢して溜めこんでいたものが爆発してしまったみたいに。

「いいか？　いくらその辺の事情に疎い俺でもな、お前の伸びた鼻の下を見りゃ嫌でも気付くってんだよ」

自分の鼻下を押さえる。そんなに伸びてましたっけ。

「こちとらお前に悪いなと思ってどんだけ我慢してきたと思ってやがんだ。いいか？俺は小春の弟だ。血は繋がっていないけど正真正銘の弟だ。この俺に遠慮して小春への気持ち持て余してるってんならタダじゃおかねえからな。分かったか！」

「………」

あまりの剣幕に押し黙る。

「分かったら返事!!」

「はい！」

なんということか、夏輝は全て見抜いていたのか。

「よし、飲むぞ。ビールだ、ビール！」

「へ？」

「お祝いといったらビールだろうがよ」

一体、何のお祝いなのか判然としなかったけれど、とにもかくにも、名状し難い鹿児島の夜は、こうして今日も更けていく。

終幕劇

八月十八日。僕はある約束のために鹿児島に残っていた。

待ち合わせ場所に三十分前に到着はさすがに気合いの入りすぎだったかな。夜の街並みを眺めながらゆったりと風に当たる。今日は特別な夜だ。路面電車も瀟洒《しょうしゃ》にライトアップされて、この夜の盛り上がりに一役、買っていた。

勉強のことで悩む必要もしばらくはない。ビバ、夏季休暇である。

前期日程が終了した。思えば、この四カ月間、本当に色々なことがあった。出会いがあった。そして、多くの人の成長を見てきた。

岸本くんは獣医師の卵として、生き物の命にかかわるとはどういうことかを、良き先輩から学び、そして正しい形で体現できるまでになった。

西牟田さんは、そんな岸本くんの夢に向かって着実に進歩していく姿を見て、バイト先の先輩として大いに刺激を受けたらしい。今頃は、国内大手の航空会社のインターンシップで、新たなる刺激に触発されているはずだ。

夏輝は、盆入りのタイミングで東京へと帰って行ったらしい。おかげで、しばらく僕はインスタント食品生活が続きそうだ。

二木くんはというと……。まあ、ぼちぼちやっている。

「小金井三回生、いや違うな。小金井くん！」

振り返ってみて驚いた。

「先輩、すげえ似合ってます！」

思わずガッツポーズを決めてしまった。清田先輩はなんと浴衣を着てきたのである。空色に花柄模様が何とも可愛らしく先輩の魅力を引き立てている。

「君となら大丈夫かと思ってな」

照れて髪を触っている。なんと可愛らしい所作だろうか。

「清田先輩、動かないで」

僕は両手でカメラのフレームを作る。

「え？」

「写真がダメなら、せめて僕の脳内フレームに……」

「行こうか、小金井くん」照れ隠しなのか先輩は早々に身を翻した。ああ、待って。

今日は特別な一日。先輩と夜、二人で歩く。まあ、そこには友達としてという注釈を入れざるをえないのだけれど。

今宵は年に一度の大騒ぎ。「錦江湾サマーナイト」当日である。既に街はごった返す人並みで盛り上がっている。

ほどなく花火が上がり始める。今夜の主役は自分だと訴えるみたいに。

本格的な夏休みが始まる。僕はどこまでいけるのだろうか。無限の可能性を秘めた有限の夏に思いを馳《は》せる。

「小金井くん、私……」

「へ？」

ドオオーン。上空にはひときわ大きな二尺玉が色とりどりの火花を散らしながら炸裂《さくれつ》していた。

夏輝の料理教室

Natsuki's Cooking

薩摩汁

薩摩汁

SATSUMA JIRU

［材　料］（3〜4人分）

鶏もも肉	1/2枚（150gほど）
油揚げ	1枚
大根	1/6本
ニンジン	1/2本
ごぼう	1/2本
白ネギ	お好みの量
サツマイモ	1本
麦味噌	大さじ4
酒	大さじ1
しょうゆ	小さじ1

［だし汁］

かつおぶし	ひとつかみ（30g程度）
水	800cc

作り方
How to cook

1 かつおだしをひく。
鍋に水を入れて沸騰させ、かつおぶしを入れる。
一度、沸騰がおさまるので再び沸騰させる。
再沸騰させたらすぐに火を止めて、
かつおぶしが鍋底に沈んだらペーパーで濾す。
だしがらを絞ると
えぐみの原因になるので注意。

2 具材の下処理をする。
鶏もも肉をぶつ切りにし、
油揚げは熱湯をかけて油抜きし、
短冊切りにする。
大根、ニンジンは皮をむいて乱切りに、
ごぼうは皮をたわしで洗い斜めにスライス、
白ネギは輪切りに。
サツマイモは半月切りにして
10分ほど水にさらしあく抜きをしておく。

3 鍋に鶏もも肉を入れ、中火にかける。
鶏肉から脂が出てきたら大根、
ニンジン、ごぼうを入れて
脂を全体になじませるイメージで、
中火で炒める。

4 酒を回しかけ、3分ほど中火で炒めたら、
サツマイモを半量入れ、
だし汁500ccを加えて火を強め、
ひと煮立ちさせる。
あくが出たらその都度、取り除いておくこと。

5 再び中火に落として蓋をし、20分煮込む。
サツマイモが煮崩れて溶け出すのが目安。
残りのサツマイモは電子レンジで２分加熱し、
軽く火入れしておく。

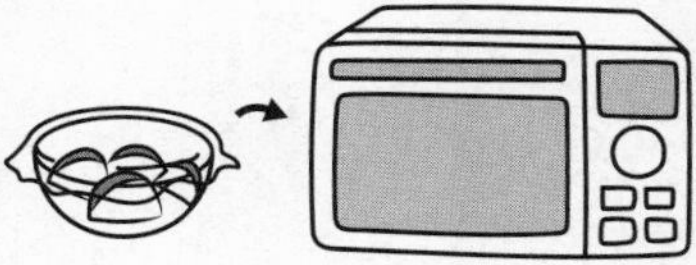

6 味噌を半量、溶かし入れ、油揚げ、
❺のサツマイモも鍋に加える。
ひと煮立ちさせ、
後入れのサツマイモが柔らかくなったら
火を止め、残りの味噌としょうゆを加える。

7 最後に白ネギを
あしらって完成。

本書は、集英社文庫のために書き下ろされた作品です。

本文デザイン・イラスト／目﨑羽衣（テラエンジン）

冨森　駿の本

宅飲み探偵のかごんま交友録

憧れの先輩・小春に告白した晴太は、返事の代わりに謎の指令を下され!?　第一回エブリスタ×ナツイチ小説大賞受賞作。

集英社文庫

宅《たく》飲《の》み探偵《たんてい》のかごんま交友録《こうゆうろく》2

2021年5月25日　第1刷　　定価はカバーに表示してあります。

著　者　冨森《とみもり》　駿《しゅん》

発行者　徳永　真

発行所　株式会社　集英社

東京都千代田区一ツ橋2-5-10　〒101-8050

電話　【編集部】03-3230-6095

【読者係】03-3230-6080

【販売部】03-3230-6393（書店専用）

印　刷　株式会社 廣済堂

製　本　株式会社 廣済堂

フォーマットデザイン　アリヤマデザインストア　　マークデザイン　居山浩二

ISBN978-4-08-744255-7 C0193